L'incendiaire de Rome

Si tu veux en savoir plus, tu trouveras à la fin du livre
des informations sur Néron
et un glossaire.

TITRE ORIGINAL :
Die Zeitdetektive : Die Brandstifter von Rom

Loi n°49-956 du 16 juillet 1949 sur les publications destinées à la jeunesse.
Dépôt légal : juin 2008
ISBN : 978-2-7470-2275-0
Imprimé en Allemagne par Clausen & Bosse

DÉTECTIVES DU TEMPS

L'incendiaire de Rome

FABIAN LENK

traduit de l'allemand par
Laurence Bouvard

Illustrations intérieures de
Serge Prud'homme

BAYARD JEUNESSE

Kim, Julien, Léo et Kija, les détectives du temps

Kim l'effrontée, Léo le sportif, l'astucieux Julien et Kija, la mystérieuse chatte égyptienne, forment une petite bande qui partage un secret...

Ils possèdent la clef qui ouvre la vieille bibliothèque du monastère bénédictin Saint-Barthélemy. Au cœur de celle-ci se cache Tempus, une salle étrange qui permet de voyager dans le passé et dont le sol bat au rythme des pulsations de l'Histoire. Là se trouvent des milliers de portes, chacune s'ouvrant sur une année écoulée. En les franchissant, les trois enfants peuvent se rendre aux époques qui les fascinent, comme la Rome antique ou l'Égypte des pharaons, et y élucider des affaires criminelles inexpliquées.

Pour revenir dans le présent, il suffit aux voyageurs de regagner l'endroit précis de leur arrivée, et Tempus les ramène.

Alors que leurs expéditions durent parfois plusieurs jours, les enfants constatent, au retour, que les aiguilles de leurs montres n'ont pas bougé d'une seconde. Ainsi, personne ne sait rien des aventures secrètes des détectives du temps.

1. Affaire classée ?

Léo jeta un coup d'œil par la fenêtre et soupira. Il n'y avait pas eu un rayon de soleil sur Siebenhann depuis deux semaines : de la pluie du matin au soir… Et voilà qu'aujourd'hui le grand beau temps était revenu pour fêter la rentrée des élèves au collège !

Les champs alentour, à l'approche du printemps, commençaient à reverdir. Tout près se trouvait le terrain de sport, sur lequel Léo promena son regard : « Oh, non, pensa-t-il. Un match de foot ! » Une poignée de chanceux dribblaient, passaient la balle au centre et enchaînaient tacles et talonnades. Mais Léo ne pouvait les rejoindre : avec Julien et Kim, il assistait au cours d'histoire de Tebelmann. Face au tableau, le professeur ne semblait prêter aucune attention au climat. « Quand bien même il s'en apercevrait, se dit Léo, ça ne lui ferait ni chaud ni froid ! » Dans son monde, la météo ne jouait qu'un rôle mineur ; quant au sport, il n'existait pas ! Tebelmann ne vivait que pour l'Histoire, qu'il transmettait de façon très vivante à ses élèves. Peu importait que le soleil brille ou qu'il pleuve des cordes, rien ne pouvait tarir le déluge de mots qui jaillissait de sa bouche.

Léo aimait bien ce cours, mais aujourd'hui c'était différent... Il regarda furtivement sa montre. Encore vingt minutes avant la récréation. Une éternité !

Il essaya de se concentrer. Il était question de la Rome antique, une époque que Léo trouvait passionnante ; mais, au bout de deux minutes, ses yeux s'évadèrent de nouveau du côté de la fenêtre. Il oublia où il se trouvait, et plongea dans ses rêves.

– À toi de répondre !

Léo sursauta. Tebelmann était juste devant

lui et le fixait d'un air encourageant.

– Eh bien, Léo ?

– Excusez-moi, j'ai un peu décroché..., avoua le garçon.

Des élèves se mirent à glousser.

Le professeur fronça les sourcils :

– Très bien, je vais donc te répéter la question : peux-tu me citer un empereur romain célèbre ?

Léo fut soulagé, la réponse était simple :

– Jules César !

Les rires reprirent de plus belle. Vexé, Léo se retourna. Kim, assise deux rangs derrière lui, leva les yeux au ciel, un petit sourire moqueur sur les lèvres.

– Jules César a déjà été cité par l'un de tes camarades, fit remarquer Tebelmann, agacé.

Le garçon grimaça, comme s'il venait de découvrir un ver dans sa pomme.

– Auguste ? proposa-t-il, hésitant.

Nouveaux éclats de rire.

– Réveille-toi, Léo. Julien l'a déjà dit, soupira l'enseignant. Allez, tu as droit à une dernière proposition...

Léo tira sur le lobe de son oreille. « Une dernière proposition... », se répéta-t-il en fouillant désespérément dans sa mémoire.

– Néron ! lâcha-t-il soudain.

Cette fois-ci, aucun rire ne retentit. Tebelmann s'éloigna tranquillement du bureau de Léo et regagna le tableau.

– Néron, reprit-il. C'est intéressant, vraiment...

– Néron a mis le feu à Rome, poursuivit Léo en reprenant un peu d'assurance.

– Comment le sais-tu ?

Le garçon haussa les épaules :

– Je l'ai lu quelque part, ou on me l'a dit. De toute façon, c'est une affaire classée !

Tebelmann secoua la tête d'un air désapprobateur :

– Tu emploies le verbe « croire », mais ce n'est pas un mot scientifique. Seul le savoir compte. Savoir, c'est pouvoir, ne l'oublie pas !

Léo approuva d'un hochement de tête. Tebelmann avait raison. Mais l'incendiaire de Rome, c'était Néron... Tout le monde savait cela, non ?

– Néron régna de 54 à 68 après Jésus-Christ, déclara Tebelmann d'un ton professoral. On sait que, sous son règne, Rome a été en grande partie détruite par le feu. Le nom du responsable de cette catastrophe est aujourd'hui très contesté.

Un élève leva la main :

– J'ai vu un film qui s'appelait, il me semble, *Quo vadis*. Néron avait allumé l'incendie ; il était perché sur la terrasse d'un toit et chantait comme une casserole devant la ville dévorée par les flammes.

– Ce n'est que du cinéma…, nuança le professeur avec fermeté. Hollywood tient rarement compte de la vérité historique. Non, la communauté scientifique est plutôt d'avis que…

Il se lança dans un grand monologue et, cette fois, Léo était suspendu à ses lèvres, la curiosité en éveil. Si Néron n'était pas le coupable, alors qui pouvait bien avoir la mort de ces milliers de gens sur la conscience ? Et pourquoi avoir provoqué un tel sinistre ?

– L'incendie de Rome restera à jamais une

énigme, conclut Tebelmann, avant de dire :

– Ça va sonner dans un instant, vous pouvez sortir pour la pause !

Léo, Kim et Julien se précipitèrent dans la cour avec leurs camarades.

– Je rêve, ou le soleil brille enfin ? s'exclama Kim.

– Il était temps ! remarqua Léo, qui avait retrouvé sa bonne humeur.

Il baissa le ton :

– À propos de temps, que diriez-vous d'un petit voyage ?

Julien lui jeta un regard complice :

– Tu penses à Tempus, n'est-ce pas ?

– Bingo !

– Tu aimerais savoir qui a mis le feu à Rome ?

– Exact. J'ai toujours pensé que c'était Néron, mais visiblement on n'en a pas la preuve. Ça vous tente ? lança Léo.

– Je suis déjà tout feu tout flamme !

– Quel humour, Kim ! soupirèrent les deux amis.

Lorsque dix-sept heures sonnèrent enfin, les portes de la bibliothèque du monastère Saint-Barthélemy se refermèrent derrière les derniers visiteurs. Grâce à la clef que possédait Julien, quatre bibliophiles très motivés allaient bientôt avoir accès à ce royaume des livres, au cœur duquel se cachait le plus grand des secrets : Tempus, la mystérieuse salle permettant les voyages dans le temps.

Kim s'apprêtait à quitter sa chambre pour rejoindre ses amis.

– On y va, Kija ! lança-t-elle.

Petite boule de poils enroulée sur elle-même, la chatte dormait sur son lit. Elle bougea les oreilles, mais cela ne prouvait pas qu'elle était décidée à quitter son refuge moelleux.

Kim s'assit près d'elle et la caressa :

– Allez, viens, paresseuse, on va faire un petit tour dans le passé.

Elle avait parlé à voix basse, sa mère ayant tendance à écouter aux portes.

Kija miaula doucement, se leva et s'étira avec délectation.

Une fois de plus, Kim eut l'impression que la

chatte comprenait vraiment ce qu'on lui disait. Cette bête n'était pas un animal ordinaire, elle était tout simplement magique !

Un sourire sur les lèvres, Kim chuchota :

– On ne va pas en Égypte, mais à Rome !

La chatte se laissa aussitôt retomber sur le lit, comme si ses pattes étaient devenues du caoutchouc.

– Tu exagères ! protesta Kim en riant. Ce n'est pas parce qu'on ne retourne pas dans ton pays qu'il faut t'écrouler comme un château de cartes !

Et elle se dirigea vers la porte. Les yeux du félin suivaient attentivement ses moindres mouvements.

– D'accord, reste ici si tu veux !

Mais, à l'instant où Kim allait quitter la pièce, Kija émit un petit miaulement de protestation et s'élança derrière elle.

Une demi-heure plus tard, les trois amis étaient plongés dans des livres d'histoire. La bibliothèque abritait de nombreux volumes consacrés à Rome, et il n'avait pas été facile de dénicher ceux qui les intéressaient vraiment.

Kim avait en main une biographie de Néron et parcourait un chapitre sur sa jeunesse. L'enfance de l'empereur avait été marquée par Agrippine, sa mère, une femme dominatrice et ambitieuse, qui avait essayé, par tous les moyens, d'asseoir son fils sur le trône.

– Écoutez ça ! s'écria Kim : « Agrippine fit empoisonner son époux Claude, le prédécesseur de Néron... Puis elle manœuvra pour que son fils accède au pouvoir. Néron organisa de sang-froid l'assassinat de son rival, le jeune Britannicus. Devenu empereur, il fut en constante opposition avec le *sénat*. »

– Le sénat ? interrogea Léo. À quoi servait-il à l'époque ?

Comme Kim hésitait, Julien répondit :

– Si je ne me trompe pas, c'était l'institution la plus haute de l'État. Les sénateurs étaient très riches et puissants. Ils promulguaient les lois, contrôlaient les finances du pays et nommaient les hauts fonctionnaires. Par ailleurs, ils pouvaient...

– C'est bon, Julien ! l'interrompit Kim en riant. Dans ce passage, il est dit que Néron aurait mis en place tout un réseau d'espions et d'indicateurs, tant il avait peur d'être assassiné. Sa brutalité n'était pas son seul trait de caractère, il avait également des dons artistiques. C'était, en particulier, un musicien passionné.

Léo frissonna.

– Un meurtrier mélomane..., murmura-t-il avant de replonger dans sa lecture.

Pensif, Julien plissa le front. Néron semblait avoir une personnalité à plusieurs facettes, singulièrement inquiétante. Un peu plus tard, il trouva, dans l'ouvrage qu'il consultait, la photo d'un buste de Néron. L'empereur avait un visage large, marqué par un nez fort et un double menton charnu. Julien remarqua sur ses lèvres l'ombre d'un sourire ironique et méfiant.

Kija s'ennuyait. Elle ne cessait d'interrompre les enfants pour attirer leur attention. Tantôt elle donnait, avec son museau, de petites bourrades à Kim, tantôt elle se frottait aux jambes de Julien. Elle entreprit même de traverser, la queue dressée, le livre que Léo avait ouvert devant lui. Mais ses jeunes maîtres ne se laissèrent pas distraire.

– Eurêka ! s'écria tout à coup Léo. Voilà : le feu a démarré en juillet de l'an 64 après J.-C., aux abords du *Circus maximus*. Maintenant, on sait où aller pour découvrir le nom du pyromane de Rome !

– Néron a fait peser les soupçons sur les chrétiens, ajouta Kim. C'est ce qu'affirme un certain Tacite, un historien latin.

– Pourquoi a-t-il accusé les chrétiens ?

La jeune fille parcourut l'article à toute vitesse :

– Tiens, c'est expliqué ici : « À l'époque de Néron, la suprématie des dieux romains, comme *Jupiter*, fut remise en cause. On raconte que saint Pierre vint à Rome et qu'avec l'aide de Dieu il accomplit des miracles. Après son séjour, de plus en plus de Romains, attirés par la religion chrétienne, se détournèrent de leurs anciennes divinités. »

Songeuse, Kim fixa les garçons un instant, puis poursuivit :

– Néron ne pouvait laisser un tel élan se développer : c'était une menace pour l'organisation de la société romaine. Tacite pense que l'empereur avait peur de perdre son pouvoir. Il a accusé les chrétiens d'être responsables de l'incendie pour avoir une bonne raison de les persécuter !

Léo haussa les sourcils :

– C'est horrible… Mais tu crois que c'est la vérité ? Il faut qu'on en ait le cœur net. On sait où le feu a démarré : c'est un atout capital car, à ma connaissance, Rome était une ville gigantesque.

Kim referma son livre d'un claquement sec :

– On y va, non ?

– Cherchons encore, proposa Julien. Plus on en saura, mieux ce sera !

Son amie eut un geste de refus.

– Assez perdu de temps, allons-y ! insista-t-elle.

– D'accord, mais c'est un voyage à haut risque, lui rappela Léo. Ce feu n'a pas pu être maîtrisé. Il a détruit une grande partie de Rome et coûté la vie à des centaines de personnes, peut-être même à des milliers !

– Vraiment ? murmura Julien.

Il était blanc comme neige.

– Oui, poursuivit Léo. Ça n'a pas été un incendie ordinaire, mais un vrai désastre !

– Et nous, on va se retrouver au beau milieu des flammes..., conclut Julien d'une voix sourde.

Kim soupira :

– Ma parole, vous êtes peureux comme des lapins ! Courage, les gars, on sera encore plus prudents que d'habitude, voilà tout !

La jeune fille parvint à les convaincre. Quelques minutes plus tard, ils avaient poussé sur le côté la bibliothèque qui masquait l'entrée de Tempus et franchi sa porte richement ornée. Ils tâtonnèrent ensuite en attendant que leurs yeux s'habituent à la fine brume scintillante et bleuâtre qui baignait la pièce. L'une des innombrables portes s'ouvrit brusquement, juste devant Julien. Un rire atroce s'en échappa, et faillit causer une crise cardiaque au garçon, qui dut prendre plusieurs profondes inspirations avant de rejoindre ses amis.

Léo trouva le premier l'inscription « an 64 après J.-C. », sculptée en épaisses lettres sombres sur un chambranle, et entourée de petits démons ainsi que d'un crâne humain.

– Très accueillant, vraiment…

Kija fit le gros dos.

– Oui, je sais, tu préférerais l'Égypte… Mais, tu verras, là où nous partons, il fera chaud aussi ! lança Kim pour la consoler.

Pour toute réponse, la chatte poussa un feulement guttural.

Kim ne prêta plus attention à ses protestations, elle la prit dans ses bras et se tourna vers les garçons :

– Vous êtes prêts ?

Ils hochèrent la tête, sans dire un mot.

– Très bien, alors on y va !

Après avoir poussé le battant, ils firent face à l'obscurité totale et à un silence abyssal. La mort semblait régner sur ce monde de la nuit. Les enfants, comme toujours lors de leurs voyages dans le temps, se prirent par la main et se concentrèrent sur le but de leur aventure : la ville de Rome. Puis ils franchirent la porte…

2. Suivis

Lorsqu'ils furent projetés dans Rome, souvent appelée la Ville éternelle, les enfants furent aveuglés par une vive lumière. Il faisait très chaud, nulle brise n'allégeait l'atmosphère. La cité semblait étouffer sous une cloche de chaleur moite. Ils passèrent à travers une statue de marbre de cinq mètres de haut, représentant un homme vêtu d'une élégante *toge* ample et pinçant les cordes d'une *lyre*, et ils se retrouvèrent sur une grande place où personne, du fait de l'affluence de fin d'après-midi, ne remarqua leur arrivée.

– Regardez, c'est Néron ! s'écria Julien.

La sculpture ressemblait à l'illustration

qu'il venait de voir dans la bibliothèque.

Kim jeta un coup d'œil aux vêtements qu'ils portaient, une modeste *tunique* et des sandales, et s'exclama :

– On est moins chics que l'empereur !

Les trois amis s'émerveillèrent encore du changement de tenue qui s'opérait pendant leur traversée du temps ; mais il y avait un autre mystère qu'ils ne parviendraient jamais à éclaircir : Tempus leur permettait, à chaque voyage, de comprendre et de parler couramment la langue dans laquelle s'exprimaient les habitants de l'époque qu'ils visitaient.

Kim regarda autour d'elle :

– As-tu une idée de l'endroit où nous sommes, Julien ?

Le garçon plissa les paupières : ils étaient entourés de temples majestueux, de colonnades, ainsi que de monuments élégants et lumineux en marbre blanc.

– Bien sûr ! On est sur le *Forum romanum*, au centre de la ville ! s'écria Julien, tout excité. Si je ne me trompe pas, ce bâtiment avec toutes les colonnes, juste devant nous, s'appelle la *basilique Julienne*. Et celui que l'on voit là-bas, la *Curie*.

– La quoi ?

– La Curie ! répéta le garçon, agacé. C'est là que se réunissaient les sénateurs pour voter les lois.

– Tu es vraiment une encyclopédie sur pattes ! lui lança Kim, admirative.

Elle promena son regard sur la place et, impressionnée, soupira :

– Quelle splendeur !

Trois sénateurs, plongés dans une vive discussion, arpentaient la *Via sacra*, en direction de la lourde porte en bronze de la Curie. Ils étaient chaussés de brodequins rouges ornés d'un croissant, et portaient une toge ourlée d'une large bande de couleur pourpre ; des bagues en or brillaient à leurs doigts. Un Romain, installé derrière son étal de friandises, proposa aux trois amis des pignons, mais ils l'ignorèrent. La Curie était gardée par deux *légionnaires*, armés de lances, de glaives et de boucliers ovales. Coiffés d'un casque à crête de plumes rouges, vêtus d'une cotte de mailles,

les soldats surveillaient le forum avec attention.

Peu après, les enfants croisèrent une *patricienne*, suivie de deux esclaves faisant visiblement office de gardes du corps. Elle se dirigeait d'une démarche nonchalante vers la *maison des vestales.*

– Maintenant, il faut localiser le *Circus maximus*, car c'est de là que le feu démarrera. L'un de vous deux sait-il où il se trouve ?

– Non, reconnut Julien, mais on peut se renseigner.

– Attendez ! murmura soudain Léo. Il y a un type qui nous surveille...

– Où ça ? demanda Kim dans un souffle.

– Ne vous retournez pas, chuchota Léo. Il est juste derrière toi, Kim, à moitié dissimulé par une colonne de la basilique.

– Tu crois qu'il nous suit ? fit la jeune fille, le cœur battant. Pourvu qu'il ne nous ait pas vus arriver ! C'est peut-être un mouchard de Néron.

– Continuons d'avancer, nous en aurons le cœur net, suggéra Julien.

Il demanda le chemin du cirque à une

passante, dont ils suivirent les indications tout en jetant de prudents coups d'œil derrière eux. L'homme avait abandonné sa cachette pour les suivre de loin.

– Il a une cicatrice sur le visage, remarqua Léo. Il nous espionne, c'est certain. Il faut qu'on le sème. Je vais compter lentement, et à « trois » on fonce dans le marché !

À son signal, les jeunes gens détalèrent et rejoignirent la halle en quelques enjambées. Des commerçants y exposaient toutes sortes de denrées au milieu d'une intense agitation : l'endroit idéal pour passer inaperçu !

– C'est gagné ! déclara Julien, soulagé, après s'être assuré que le balafré avait bien perdu leur trace.

Les enfants se laissèrent emporter par la foule et se retrouvèrent peu après dans une ruelle étroite, où abondaient les ateliers de tanneurs et de teinturiers, qui dégageaient une puanteur horrible. Kija s'enfuit la première par la rue la plus proche. Malheureusement, l'atmosphère n'y était guère plus respirable. Telle une rangée de dents gâtées, les maisons, branlantes et dangereusement inclinées, semblaient s'agripper les unes aux autres. Dans le caniveau coulait un liquide épais, à l'aspect indéfinissable, qui dégageait une forte odeur de poisson.

– Charmant ! lança Kim en se bouchant les narines.

Elle aperçut un homme vêtu d'une tunique usée jusqu'à la corde, qui les observait d'un regard perçant. Elle réfléchit un instant : devait-elle lui demander leur chemin ? Elle abandonna vite cette idée, l'individu ne lui inspirait pas

confiance. Où pouvaient-ils bien être ? L'élégant Forum romanum, les temples majestueux, les *thermes* élégants et les *villas* chics des riches Romains avaient disparu ! À présent, tout n'était que cris, saleté et poussière. La triste rengaine d'un ivrogne, attablé à une *caupona*, leur écorcha les oreilles.

– Il faut qu'on file d'ici au plus vite ! s'écria la jeune fille. Quand la nuit sera tombée, le coin va devenir dangereux.

– Trouver le cirque ne devrait pas être impossible, quand même ! marmonna Julien.

Une obscurité inquiétante avait envahi le quartier lorsque, enfin, un enfant leur indiqua la bonne direction. Tout à coup, les yeux de Julien se mirent à briller :

– Regardez droit devant : le cirque !

Une fois par semaine, le célèbre champ de courses à trois niveaux était le théâtre de passionnants mais violents affrontements entre des chars qui luttaient pour la victoire, devant des centaines de milliers de spectateurs. Au rez-de-chaussée, une suite d'arcades entourait l'*arène* sur huit cents mètres de long. Les marchands y avaient installé leurs modestes échoppes en bois, dont plusieurs étaient encore ouvertes malgré l'heure tardive.

– Qu'est-ce qu'on fait maintenant ? demanda Kim, fatiguée.

– Et pourquoi ne pas se cacher par ici ? souffla Léo en désignant les boutiques. Une fois les derniers commerçants partis, on n'aura qu'à se glisser dans l'une de leurs petites baraques !

– Pas bête, commenta Kim. Ça vaut la peine d'essayer… Attendons d'avoir le champ libre.

Ils décidèrent d'aller se désaltérer sur la place. Alors qu'ils venaient de s'installer au pied de la fontaine, ils surprirent une conversation entre deux vendeurs :

– Les affaires vont mal, par *Mercure*, se lamenta le premier, un petit homme qui vendait des pommades.

– À qui le dis-tu ! soupira l'autre, derrière son étal de cuirs. Néron augmente sans cesse les impôts pour financer la construction de ses luxueux bâtiments. Pas étonnant que les clients n'aient plus d'argent pour acheter nos marchandises !

– Tout espoir n'est pas perdu, avança son collègue. J'ai entendu aujourd'hui que le sénat en avait assez…

– Le sénat ? s'étrangla le négociant en peaux, refusant d'un geste cette idée. Comment croire que cette bande de bavards nantis pense organiser quelque chose contre l'empereur ? Ils passent leur temps à papoter dans la Curie sans que jamais rien de concret ne sorte de leurs jacasseries !

– Je n'en suis pas si sûr…, fit l'autre en baissant la voix. On m'a rapporté que les sénateurs étaient très remontés contre Néron : il ne les prend pas au sérieux et les humilie en public. L'empereur a trop tiré sur la corde. Cette fois une action se prépare, je t'assure ! Peut-être même un complot…

Le marchand de peaux se pencha et mit son collègue en garde :

– Pas si fort ! Néron a des espions partout !

– Tu as raison. Ah, si seulement un client pouvait s'arrêter…

– Moi, je n'y crois plus.

– À vrai dire, moi non plus, reconnut le vendeur de pommades. Je croule sous les dettes. Le mieux serait que mon commerce prenne feu. Si je n'ai plus rien, que pourra-t-on me réclamer ?

Les trois amis échangèrent un regard : se pouvait-il que l'incendiaire de Rome se trouve juste devant eux ?

Une heure plus tard, les deux hommes abandonnèrent : ils chargèrent leurs produits sur des chariots et couvrirent leurs boutiques avec des bâches en tissu. Les enfants ne tardèrent pas à se faufiler sous l'une d'elles. Au moment où Léo allait laisser retomber la toile, il aperçut la silhouette d'un homme se glissant derrière la fontaine. Avait-il une cicatrice ? Il n'en était pas sûr, l'individu était passé trop vite.

– Que se passe-t-il, Léo ?

– Je ne sais pas, murmura le garçon. Il se pourrait que le balafré soit encore dans les parages…

Kim jeta un regard circulaire :

– Je ne vois personne.

– Alors, je me suis peut-être trompé, fit Léo en fronçant les sourcils.

– Regardez comme ces vieux sacs abandonnés dans le coin ont l'air sympas ! s'écria Julien d'un ton léger.

Il en attrapa quelques-uns et, en un éclair, se confectionna un matelas.

– Pas mal ! s'exclama-t-il devant le résultat.

Léo et Kim suivirent son exemple et, peu après, leur camp de fortune était installé.

– Qui prend le premier tour de garde ? demanda Kim.

Les garçons haussèrent les épaules.

– Très bien, je m'en charge, proposa leur amie. Mais faire le guet en solitaire, quelle barbe !

Elle avait à peine fini sa phrase que Kija était venue se blottir contre elle.

– OK, message reçu ! pouffa la jeune fille. Je ne serai pas seule, notre petite princesse d'Égypte me tiendra compagnie !

Elle constata vite que les garçons étaient bien trop excités pour s'endormir. Léo repéra dans la bâche une entaille qui leur permettrait d'observer dehors. Enfin, la grande veille put commencer. Les minutes s'écoulaient lentement et tout était calme sur la place baignée par le clair de lune. Après avoir raconté de multiples anecdotes et épuisé tous les sujets de conversation, les jeunes gens sombrèrent dans le sommeil.

Soudain, un individu à la démarche souple et silencieuse s'approcha, le visage dissimulé par la capuche de sa *lacerna*. Il jeta un bref coup d'œil autour de lui, et disparut sous la toile qui protégeait l'échoppe voisine de celle où dormaient les trois amis. Un instant plus tard, des lueurs rougeoyantes dansaient à l'intérieur de la baraque. L'homme se glissa dehors et s'enfuit, tandis que les flammes progressaient à vive allure.

3. Au feu !

Le cabanon fut bientôt la proie des flammes ; très vite, elles se mirent à lécher la boutique voisine, dévorant peu à peu le tissu sous lequel dormaient les enfants.

Les miaulements de Kija réveillèrent Léo.

– Qu'est-ce qu'il t'arrive ? grogna-t-il.

Tout à coup, l'odeur le suffoqua : le feu !

La fumée avait envahi leur refuge, et, derrière la toile, des étincelles fusaient.

– Bon sang, on est en train de cramer ! hurla le garçon. Sortons d'ici !

Il secoua ses amis, qui toussèrent et frottèrent leurs yeux remplis de larmes.

Léo repoussa le drap, se précipita à l'extérieur et eut juste le temps de voir une silhouette maigre et élancée, vêtue d'une cape, filer en courant le long des arcades du Circus maximus. « Est-ce lui, l'incendiaire ? » se demanda le garçon. L'homme s'était déjà fondu dans la nuit…

Paniqué, Léo regarda autour de lui. Fallait-il aller chercher de l'eau à la fontaine dans l'espoir d'éteindre le brasier ? Un bref regard aux installations voisines l'en dissuada : l'incendie, attisé par un vent chaud, en avait déjà englouti quatre et progressait à un rythme effréné.

À leur tour, Kim et Julien réussirent à s'extraire de la fournaise.

– Il faut réveiller les gens qui habitent là-bas ! s'écria Julien en désignant une *insula* toute proche.

Des familles très modestes logeaient dans ces bâtiments à plusieurs étages.

Léo, prêt à foncer, fit un petit signe de la tête.

– Attendez ! s'exclama Kim. Avez-vous vu Kija ?

Ils fouillèrent les alentours, sans succès.

– Elle a peut-être eu peur et s'est enfuie, suggéra Julien.

Léo réfléchit : Kija l'avait tiré du sommeil, leur sauvant ainsi la vie. Que lui était-il arrivé ensuite ? Le garçon dut admettre avec mauvaise conscience qu'il ne s'en était pas préoccupé.

– Elle va revenir, c'est sûr, déclara-t-il d'un ton qu'il voulait convaincant. S'il y a bien quelqu'un pour qui on ne doit pas se faire du souci, c'est Kija ! Je me trompe ?

Kim lui répondit d'un air dubitatif :

– J'espère que non…

Elle mit les mains en porte-voix et appela la chatte à pleins poumons, mais celle-ci restait invisible.

Soudain, un bruit sourd les fit se retourner : leur abri de fortune venait de s'effondrer dans une gerbe d'étincelles.

La voix de Kim, désespérée, résonna une nouvelle fois dans l'obscurité :

– Kija !

En vain. La jeune fille eut bientôt le visage inondé de larmes. Pourquoi avait-elle convaincu les garçons de partir à Rome ? À cause d'elle, Kija était peut-être prisonnière de cet enfer…

On entendit des cris retentir dans l'immeuble, tandis que des gens se rassemblaient sur la place.

– Les *vigiles* arrivent ! annonça quelqu'un avec soulagement en montrant du doigt une troupe qui se hâtait vers le sinistre.

Les pompiers commencèrent à détruire avec leurs haches la boutique la plus proche menacée d'embrasement. Un moment, le danger parut maîtrisé, mais soudain le vent raviva la colère du feu : des flammèches jaillirent des débris calcinés de l'échoppe et s'attaquèrent à la maison en bois qui jouxtait l'insula.

– Aide-nous, ô grand *Vulcain* ! implora une femme terrorisée en plongeant le visage dans ses mains.

Les rafales, sournoises et imprévisibles, attisaient les flammes et, à chaque minute, de nouveaux bâtiments étaient atteints. Détruisant tout sur son passage, la fournaise gagnait l'une après l'autre les habitations aux murs mitoyens.

Kim, asphyxiée par la fumée âcre qui avait envahi le quartier du cirque, scruta désespérément les environs. Où pouvait bien être Kija ? Son regard s'attarda sur l'insula dont les murs étaient dévorés par l'incendie, qui, déjà, s'attaquait au premier étage. Des hurlements de frayeur s'en échappèrent. Elle aperçut alors un grand gaillard grimpant à une échelle. Après s'être retourné hâtivement, il sauta à l'intérieur du bâtiment par l'une des fenêtres. Kim pensait qu'il voulait porter secours à quelqu'un, mais, peu après, elle le vit revenir, un sac à la main.

– Oh, un pillard ! s'écria-t-elle.

– Ça n'a aucune importance, voyons ! rétorqua Léo, le visage noir de suie et luisant de sueur. L'urgence, c'est d'aider tous ces gens ! Dépêchons-nous de réveiller les habitants des maisons voisines !

Kim suivit les garçons tout en gardant un œil sur le malfaiteur qui se faufilait à travers la foule, serrant son butin contre lui. Soudain, les Romains s'écartèrent pour laisser place à un groupe de militaires.

– Voilà les *prétoriens* ! annonça une voix.

Kim tapota l'épaule de Julien :

– Les prétoriens ?

Le garçon s'immobilisa un instant pour réfléchir :

– La garde prétorienne… Je crois que c'est une unité composée de soldats d'élite. Si je ne me trompe pas, ils assurent la protection rapprochée de l'empereur, et…

– OK, merci ! l'interrompit Kim.

Elle fonça sur l'un des gardes, auquel elle glissa quelques mots. Une minute plus tard, le voleur était intercepté, et son sac, confisqué.

– Où l'as-tu pris ? gronda un soldat de haute stature, visiblement le chef de l'unité.

Terrorisé, le bandit s'effondra à genoux.

– Il m'appartient. Je dis la vérité, honorable Tigellin, il faut me croire ! plaida-t-il, d'un ton servile.

Le dénommé Tigellin sortit son épée :

– Ne mens pas ! menaça-t-il entre ses dents.

– Pitié, épargne-moi ! Par Jupiter, je vais tout avouer : c'est vrai, je l'ai volé.

– Emmenez-moi ce *scelestus* ! ordonna

sèchement Tigellin à deux de ses hommes.

Il pointa l'index vers l'un des immeubles et ajouta, à l'intention du reste de la troupe :

– Vous autres, venez avec moi. Il faut aider les habitants à sortir avant qu'il ne soit trop tard. Autre chose : si vous tombez sur ces maudits chrétiens, arrêtez-les. Seuls des individus capables de nier l'existence de nos dieux peuvent être responsables de cette catastrophe qui n'a d'autre but que de détruire Rome, ce joyau unique !

Sans plus attendre, le groupe de soldats se précipita en direction de l'insula.

La jeune fille était abasourdie. Pour quelles raisons les chrétiens auraient-ils incendié Rome ?

Léo l'arracha à ses pensées :

– Allons-y, Kim. On est inutiles ici…

Il avait raison : ce n'était pas le moment de méditer sur les soupçons d'un garde prétorien. Elle le suivit aussitôt.

La première insula, entièrement prisonnière des flammes, n'allait plus tarder à être réduite en cendres. Lorsque le bâtiment s'effondra, les poutres de soutènement se brisèrent comme de vulgaires allumettes. Les tuiles éclatèrent sous l'effet de la chaleur et les murs s'écroulèrent les uns après les autres, comme s'ils avaient été démolis par le poing d'un géant. Des débris incandescents furent projetés sur les habitations voisines : le brasier redoubla d'intensité.

– Regardez là-haut ! hurla Léo, en montrant les combles de l'immeuble en face de celui où étaient entrés les prétoriens.

Un couple et un enfant d'environ trois ans, niché dans les bras de sa mère, se tenaient à la fenêtre et appelaient désespérément au secours.

– Ils sont coincés ! s'écria le garçon. Vite, il faut les aider !

4. Le témoin

Avant que ses amis aient eu le temps de le retenir, Léo plongea dans l'épais nuage qui s'échappait de l'immeuble et s'engouffra dans l'escalier. Kim et Julien lui emboîtèrent le pas. Un sourire se dessina sur le visage de Léo : il savait depuis toujours qu'il pouvait compter sur eux... Il grimpa les premières marches quatre à quatre, mais la fumée devint plus dense, et il fut pris d'une quinte de toux.

« Baisse-toi le plus possible », lui conseilla soudain une voix intérieure. Il l'avait vu faire à la télévision. Dans un cas comme celui-ci, il fallait se plaquer au sol, car les gaz émis par la combustion restaient en suspension. Il se mit à plat ventre et continua d'avancer en rampant. La chaleur devenait insoutenable et la fumée lui brûlait les yeux. Soudain, il sentit qu'il étouffait. Non, impossible d'aller plus loin, il fallait rebrousser chemin.

– Sortez ! hurla-t-il à ses compagnons.

Sa tête se mit à tourner et il sentit qu'il était en grand danger. En tâtonnant, il descendit les marches à l'aveuglette jusqu'à se retrouver enfin à l'air libre.

– On n'y arrivera jamais ! murmura Kim, à bout de souffle.

– La maison d'en face ! s'exclama Léo entre deux quintes de toux. Par là, ça marchera peut-être.

Kim et Julien le regardèrent sans comprendre.

– Je n'ai pas le temps de vous expliquer, suivez-moi !

Sur ces mots, le garçon s'élança vers le bâtiment qu'il avait montré, encore épargné par le brasier. Un peintre avait abandonné sa plateforme de chantier contre la façade.

– Aidez-moi ! ordonna Léo.

Ensemble, les enfants retirèrent une longue planche de l'échafaudage ; ils constatèrent avec soulagement que l'escalier était assez large pour qu'ils puissent la monter jusqu'à l'étage le plus élevé. Là, ils firent irruption dans un appartement et se précipitèrent à la fenêtre. De l'autre côté de la rue, la petite famille n'avait pas bougé de son refuge, suppliant qu'on lui porte secours. Léo estima la distance entre les deux immeubles : à vol d'oiseau, pas plus de trois mètres. À grand-peine, les enfants parvinrent à pousser la lourde planche jusqu'à la bâtisse d'en face, édifiant ainsi un pont étroit entre les deux habitations. L'homme en attrapa l'extrémité et la coinça fermement, puis la mère l'escalada. La jeune femme commença par chercher son équilibre en tendant les bras à l'horizontale. Sur son visage en sueur, aux traits tirés, se lisait une profonde angoisse. Elle progressa ensuite tout doucement sur la passerelle instable tandis que, dix mètres plus bas, le chaos régnait dans la ruelle. Fragile funambule, dont un seul faux pas pouvait entraîner la mort… Heureusement, elle parvint à rejoindre Kim, Julien et Léo sans se déconcentrer. Le père s'engagea à son tour, son fils blotti contre lui. Ce dernier, terrorisé, ne quittait pas des yeux sa mère et les trois amis. Ne pouvant se servir de ses bras comme balancier, le Romain marchait encore plus lentement que sa compagne ; à mi-distance, il vacilla. Le bambin poussa un cri aigu. Quelques longues et terrifiantes secondes s'écoulèrent avant qu'ils ne réussissent à s'immobiliser. Puis, indécis, il regarda en arrière.

– Continue ! hurla sa femme. Vous êtes presque arrivés !

Il se ressaisit et franchit les derniers mètres qui le séparaient d'elle. Avec un immense soulagement, il l'étreignit. Puis, se retournant, il balbutia :

– Par Jupiter, merci mille fois pour votre aide ! Je m'appelle Tertius. Voici Livia, mon épouse, et Rufus, notre fils.

Léo, Kim et Julien se présentèrent à leur tour.

– Hâtons-nous de quitter les lieux, je crains que la fournaise ne nous rattrape, déclara Tertius.

Deux minutes plus tard, le petit groupe avait regagné la rue et s'était joint à la chaîne humaine qui luttait à corps perdu contre les flammes.

– Savez-vous où le feu a pris ? demanda Tertius.

– Près du cirque, répondit Julien, tout en tendant un seau d'eau à un barbu. C'est un incendie criminel.

Tertius, effaré, fixa le garçon :

– Criminel ?

– Mais oui, bien sûr ! intervint l'homme à la barbe, sans laisser à Julien le temps de répondre. Et le coupable n'est autre que Néron en personne !

Les trois amis échangèrent un regard : cet homme avait-il été le témoin de quelque chose ?

– Qu'est-ce qui te fait dire ça ? questionna Julien.

– C'est très simple ! J'ai vu un individu sur le toit de la *Domus transitoria,* le palais impérial. Il tenait un flambeau dans une main, une lyre dans l'autre, et contemplait le brasier en braillant une chanson sur l'incendie de Troie, la ville grecque. À part l'empereur, qui pouvait être là-haut ?

Tertius s'essuya le front :

– Personne ! Lui seul a le droit d'accéder à ce lieu...

– Vous pensez vraiment qu'il a mis le feu au cirque ? demanda Julien.

– Bien sûr ! Ce type est un fou furieux, capable de tout, confirma le Romain d'un ton méprisant. Vous verrez qu'il mettra cette catastrophe sur le dos des chrétiens ! Tigellin, le *préfet du prétoire*, en a déjà fait enfermer plusieurs, je l'ai vu de mes propres yeux.

– Pourquoi tant de haine à leur égard ? s'émut Kim.

– Je suis l'un des leurs, révéla le barbu. Croyez-moi, ils sont nombreux, ceux qui redoutent notre religion ! Nous sommes de fervents croyants et non des brutes avides de plaisir. Ça les effraie... Chaque jour, de nouveaux fidèles nous rejoignent, depuis que l'apôtre Pierre est venu à Rome et a accompli des miracles. Les dieux anciens ont fait leur temps ! Voilà pourquoi Néron a peur de nous et essaie de se débarrasser de notre communauté en la rendant responsable de ce malheur !

– Par Jupiter, comme tu y vas ! grinça Tertius. Tu oublies que beaucoup de Romains sont des personnes très honorables !

– Ne vous disputez pas ! intervint Julien.

Il se tourna vers le chrétien :

– As-tu vraiment reconnu Néron sur le toit ? As-tu vu son visage ?

– Non, admit-il. Mais je mettrais ma main à couper que c'était lui. Il faut être dément pour causer un tel désastre, et il n'a plus sa raison, tout le monde le sait.

– Si c'est lui l'incendiaire, il doit être puni ! s'exclama Julien sans réfléchir.

Son interlocuteur éclata de rire :

– L'empereur ? Puni ? Seul Dieu a ce pouvoir, mon pauvre petit !

Julien ne répondit pas. Il s'agissait de s'en tenir aux faits. Cet homme avait vu quelqu'un sur le toit de la Domus transitoria, mais était-ce vraiment Néron ? Il fallait à tout prix en avoir le cœur net !

5. La venue de l'empereur

L'aube était apparue depuis un moment déjà, mais le jour ne s'était pas vraiment levé. La ville étant recouverte d'une épaisse chape de fumée, le soleil n'avait aucune chance de briller sur Rome. Dans certains quartiers, les flammes continuaient leurs ravages. Sales et épuisés, les trois amis s'étaient écroulés devant l'insula d'où étaient sortis, sans une égratignure, grâce à leur aide, Tertius et sa famille. Les fenêtres du bâtiment dévasté ressemblaient aux orbites noires d'un squelette.

– Nous n'avons jamais été très riches, mais à présent nous n'avons plus rien, fit Tertius, l'air sombre.

– Mais si, objecta sa femme. Il nous reste la vie.

Et elle serra son petit garçon dans ses bras.

Kim baissa les yeux. S'ils avaient échappé à la catastrophe, qu'en était-il de Kija ? « Et si elle n'avait pas survécu ? » pensa-t-elle en se mordant la lèvre au sang. « Surtout ne pas pleurer, se dit-elle. Pas maintenant. » Devant eux, des gens allaient et venaient, certains emportant quelques effets personnels, d'autres déplaçant des blessés sur des brancards de fortune.

La jeune fille jeta un regard éperdu aux garçons. Qu'allaient-ils faire, à présent ? Ils étaient à bout de forces, sans argent, ils n'avaient pas d'endroit où dormir, pas de but, pas de plan, et, en plus, Kija avait disparu ! Impossible de rentrer à Siebenhann sans elle ! La situation était complètement désespérée.

À cet instant, Tigellin, le visage marqué par l'épuisement, apporta à la jeune fille une maigre lueur d'espoir.

– Vous, là-bas, cria-t-il aux enfants. Vous êtes sans abri ?

Ils hochèrent la tête.

– Personne ne doit rester dans la rue. Suivez mes hommes, ils vous trouveront un hébergement d'urgence, leur ordonna-t-il sèchement.

Les enfants obéirent. Dociles, ils se laissèrent emmener, soulagés que quelqu'un ait enfin pris le contrôle des opérations. En chemin, Tertius installa son fils sur ses épaules. Le petit, remis de sa frayeur, gazouillait avec insouciance ; il transmit son entrain à son père, qui recommença bientôt à discuter. Les enfants apprirent que Tertius était un modeste ouvrier journalier qui se faisait embaucher sur les nombreux chantiers de la ville, sans jamais savoir pour combien de temps, ni pour quel salaire. Jusqu'à la veille, il travaillait à la construction des nouveaux thermes de Néron.

– Au moins, après un tel incendie, tu n'auras aucun mal à te faire embaucher ! remarqua Julien avec amertume. La ville n'est plus qu'un tas de cendres !

Tertius secoua la tête :

– Je n'en suis pas si sûr. Beaucoup de pauvres gens ont tout perdu et vont être à la recherche de n'importe quel emploi. Il n'est pas garanti que j'en trouve un tout de suite !

Julien se tut.

– Les affaires d'argent, ce n'est pas mon fort, par Mercure…, avoua le jeune Romain, abattu. En ce domaine, je suis le mouton noir de la famille : mon père possède une grande fortune et mon frère, Subrius Flavius, fait partie de la garde prétorienne ! Pourvu que lui et sa famille aient été épargnés par cette tragédie…

Julien tendit l'oreille. Si le frère de Tertius était un prétorien, c'est-à-dire l'un des gardes du corps de Néron, il devait savoir où se trouvait l'empereur au moment du départ du feu ! Le garçon réfléchit : Tertius allait peut-être lui permettre d'approcher Subrius et de l'interroger discrètement.

– Regardez ! s'exclama soudain Tertius. Nous sommes dans les jardins impériaux. Hier encore, avant l'incendie, ils étaient couverts de fleurs…

Dans la partie du parc épargnée par les flammes, les légionnaires avaient dressé des tentes, dans lesquelles les réfugiés se précipitaient.

– Hé ! Stop ! s'écria soudain Léo. Là-bas, le type à la cicatrice !

– Où ? Je ne vois rien, s'étonna Julien.

– Oh, non ! Il s'est déjà envolé, gémit Léo. Mais il y était, je t'assure...

– Pourquoi est-il toujours derrière nous ? demanda Kim. C'est un espion de Néron, j'en suis sûre, et il veut nous...

– Dépêchez-vous, l'interrompit Tertius. Sinon, nous allons nous perdre dans la foule.

On attribua une tente aux enfants et à la petite famille. Un légionnaire leur donna à chacun une miche de pain et leur indiqua la fontaine la plus proche. Tertius dénicha une cruche, qu'il partit remplir.

– Pas mal ! commenta Julien en s'allongeant sur sa natte.

Dans un souffle, il ajouta :

– Étonnant que les Romains aient pu monter ce campement aussi vite !

– Réunion au sommet ! lança Léo lorsqu'ils furent seuls. Quelle est la suite du programme ?

– Il faut retrouver Kija, décréta Kim. Et surveiller ce balafré...

– Ça va de soi ! lança Léo. Mais, et notre affaire ? Comment découvrir le nom de l'incendiaire ?

– Il faut arriver à savoir si c'était bien Néron qui se trouvait sur le toit, déclara Julien.

– Et comment comptes-tu t'y prendre pour vérifier cette information ? demanda Kim.

Le garçon inspira profondément :

– Si on réussissait à rencontrer Subrius, on pourrait le cuisiner et…

Il fut interrompu par des éclats de voix provenant de l'extérieur.

– Voilà l'empereur ! s'écria Livia.

Le trio sortit précipitamment et suivit le flot de Romains qui se dirigeait vers une estrade en bois, derrière laquelle se tenait une troupe de légionnaires et leur *centurion*. Petit à petit, un silence tendu gagna la foule. Soudain, des ordres retentirent, attirant tous les regards vers la gauche. Une troupe de prétoriens, armés jusqu'aux dents de lances et de courtes épées, avançait d'un pas cadencé vers la tribune, Tigellin en tête. Celui-ci leva le bras, et les soldats s'immobilisèrent devant les enfants.

Julien, impressionné, contempla ce commando d'élite vêtu de pectoraux scintillants, de tuniques lie-de-vin et de ceintures à la boucle ornée d'une lyre. Les gardes formèrent une double haie au milieu de laquelle avança un homme trapu, portant une tunique d'un blanc immaculé.

– Néron ! murmura Julien. Ce ne peut être que lui…

– *Ave*, divin Néron ! cria Tigellin.

L'empereur grimpa sur l'estrade, mais le tonnerre d'applaudissements attendu ne vint pas ; le préfet du prétoire fusilla des yeux l'assistance, qui finit par obtempérer en battant des mains.

Néron, une ébauche de sourire aux lèvres, avait le regard perdu au-delà de la foule à ses pieds. De temps en temps, il clignait nerveusement des paupières. Soudain, il fit un geste, et les vivats se turent. Sa voix retentit, ferme et sonore :

– Moi, votre empereur, souhaite m'adresser à vous en ces heures sombres. Dès que j'ai été prévenu de l'incendie, j'ai quitté *Antium* et je suis immédiatement rentré à Rome pour vous porter secours. J'ai tout de suite ordonné que l'on installe ce village de tentes…

– Il était à Antium ! souffla Léo. Donc, il n'a pas pu mettre le feu !

– Pas si vite…, le modéra Julien. Et s'il mentait ?

– Je n'épargnerai ni mon temps ni ma peine pour soulager votre détresse, continua l'empereur en écartant les bras. C'est dans l'épreuve que l'on reconnaît un grand peuple, par Jupiter ! Je vous donnerai du pain, de l'eau, des olives et du vin, car aucun d'entre vous ne doit souffrir. Les maisons en ruine seront reconstruites, plus grandes et plus belles qu'hier !

Il fit une courte pause et fixa son auditoire, attendant l'ovation.

– Nous te remercions, ô bien-aimé César ! s'écria Tigellin, en le désignant par son titre.

Les prétoriens reprirent en chœur l'acclamation, et les Romains les imitèrent à contrecœur.

Un grand sourire illumina le visage de Néron.

– Je dois vous faire une autre promesse ! reprit-il d'un ton menaçant.

Les cris cessèrent.

– Nous allons traquer les incendiaires

jusqu'à ce que nous les trouvions. Croyez-moi, ils ne tarderont pas à tomber dans nos filets, et vous serez tous invités à l'*amphithéâtre* pour assister à leur châtiment, par *Mars* !

Cette fois, le préfet du prétoire n'eut pas besoin d'exhorter les spectateurs à l'applaudir : les vivats éclatèrent aussitôt, tant la perspective de participer aux *ludi*, les jeux gratuits, remplissait de joie le peuple de Rome.

Néron pointa le menton en avant, comme un gamin rétif. Visiblement, ces encouragements lui allaient droit au cœur.

– Celui qui s'attaque à Rome s'attaque à ses dieux ! cria-t-il, une fois le calme revenu. Mais nos divinités sont invincibles et nous anéantirons nos ennemis ! Rome renaîtra de ses cendres, plus belle et plus grande que jadis. Je la reconstruirai, et les dieux m'aideront, car ils me protègent, par Jupiter !

Il baissa la tête vers ses sujets, prêt à accueillir une autre ovation, mais en vain. Son visage s'assombrit.

– C'est faux ! grogna un homme près de Julien. Les dieux n'aiment pas Néron ! Si tel était le cas, ils n'auraient pas permis cet incendie…

Un murmure approbateur se fit entendre, suivi de quelques cris de mécontentement et de rires étouffés.

Cette vague de rébellion n'échappa pas à Tigellin, qui fit un signe aux légionnaires postés derrière l'estrade. Ceux-ci se mélangèrent sur-le-champ à la population et le résultat fut immédiat : les protestations se turent et de nouveaux applaudissements retentirent. Cependant, Néron semblait offensé. Il quitta le podium sans un adieu et disparut au milieu de sa garde.

– Drôle de sortie ! remarqua Kim, lorsque la foule se fut dispersée.

– C'est vrai, approuva Léo. Je n'ai pas l'impression que Néron soit très aimé.

– Il est clair qu'ils le rendent responsable de l'incendie, constata Julien. Comme le dit le proverbe : il n'y a pas de fumée sans feu !

Léo fronça les sourcils :

– Mais enfin, s'il était à Antium, il a un alibi ! L'homme qui prétend l'avoir vu sur le toit du palais a menti, ou bien il s'est trompé.

– Exact, reconnut Julien. Il y a autre chose que je ne saisis pas : son mobile. Quel bénéfice peut retirer Néron d'une ville en cendres ? Il faut tirer au clair ces deux points. Je pense que Subrius nous serait très utile, il faut absolument qu'on arrive à l'approcher.

– Allons d'abord dormir un peu, je suis crevé ! bâilla Léo.

– OK, mais, dès qu'on se réveille, on cherche l'incendiaire.

– Et Kija ! compléta Kim.

6. Le mobile

Il était plus de midi lorsque Tertius, le sourire aux lèvres, réveilla les trois enfants :

– Que diriez-vous de quelques *gerres* en guise de déjeuner ?

Il approcha de leurs nez les petits poissons à l'odeur alléchante.

– Ça n'a pas été simple de les dénicher !

Il en tendit une poignée à chacun.

– J'aimerais vous présenter quelqu'un, leur apprit-il. Subrius, mon frère. Il vous attend dehors.

Les jeunes gens furent ravis de son initiative : de longues heures de recherches dans la ville détruite allaient leur être épargnées ! Ils se hâtèrent d'engloutir les gerres et sortirent de la tente.

Le frère de Tertius était un homme de taille moyenne, aux tempes grisonnantes. Assis sur un tabouret près de Livia, il jouait avec Rufus, installé sur ses genoux. Subrius leva un visage empreint de curiosité vers les trois arrivants.

– Ave ! Soyez chaleureusement remerciés d'avoir sauvé les miens ! Lorsque j'ai vu leur insula ravagée par le feu, j'ai craint le pire. Quel soulagement de les avoir retrouvés dans ce camp ! Ils vous doivent la vie, par Jupiter !

Modestes, les amis se contentèrent de hocher la tête.

– Ce maudit incendie a plongé la ville dans un chaos inimaginable, soupira-t-il. Je me suis démené toute la nuit et ma maison n'a pas été épargnée...

– Il n'a pas l'obligation d'habiter à la caserne, comme un simple prétorien, précisa Tertius. Lui a le grade de *tribun* !

– Laissons cela ! fit humblement Subrius. Les dégâts chez moi ne sont pas énormes, et mes esclaves vont s'occuper des réparations.

Dès demain, tu pourras y installer ta petite famille, Tertius, en attendant de trouver un nouveau logement.

Julien joua l'innocent :

– Et l'empereur ? A-t-il été en danger ?

Subrius tressaillit :

– L'empereur ?

– Oui ! J'ai entendu dire que son palais aussi avait été touché par les flammes, et que Néron était à l'intérieur, c'est vrai ? reprit le garçon, en mentant avec aplomb.

– Mais non, voyons ! Il a dit hier soir qu'il se trouvait à Antium lorsque l'incendie s'est déclaré. N'as-tu donc pas écouté son discours ?

Julien fit mine d'être pris en flagrant délit d'inattention et afficha un air penaud. En réalité, ses soupçons se trouvaient renforcés par la légère hésitation de Subrius, qui, un instant, avait semblé se demander s'il était opportun de répondre.

– Je ne sais pas où Néron a passé la nuit, finit-il par avouer, en détachant chaque syllabe. Peut-être ici, peut-être ailleurs…

Tertius le fixa, interloqué :

– Tu l'ignores ? Alors que tu appartiens à sa garde rapprochée !

Subrius haussa les sourcils :

– C'est vrai… Mais ça ne veut pas dire que je suis toujours derrière lui ! Tigellin est le seul à avoir ce privilège. J'étais chez moi hier soir, et non avec Néron. Je n'ai pas vraiment la cote auprès de l'empereur en ce moment…

Le visage de Tertius se figea, comme si son frère venait d'être condamné à mort :

– Tu es tombé en disgrâce ?

– Oui, grinça Subrius en serrant les poings. J'ai eu l'audace de critiquer le grand Néron, voilà pourquoi ! Mais je ne le regrette pas. Par *Bacchus*, comme je méprise son insatiable appétit de luxe et ses ridicules performances de comédien !

– Tais-toi donc ! souffla Tertius. C'est très dangereux de parler comme tu le fais !

Subrius haussa les épaules :

– Quelle importance !

Un silence gêné s'installa, jusqu'à ce que Julien se risque à le rompre :

– Tu penses donc qu'il est possible que Néron n'ait pas…

Il n'eut pas le temps de finir sa question alambiquée. Kim le coupa :

– Oui ou non, Néron a-t-il menti ?

Comme s'il avait mordu à pleines dents dans un citron, Subrius fit la grimace :

– Je n'ai pas dit cela et ne le dirai jamais ! Tout ce que je peux affirmer, c'est que j'ignore s'il était à Antium ou sur le toit de sa *domus* en train de chanter une ode au feu !

Julien resta interdit : le barbu avait décrit la même scène ! Comment Subrius pouvait-il être au courant, lui aussi ? Les racontars s'étaient-ils répandus aussi vite ? Et si cette rumeur était exacte…

– Vas-tu enfin te taire ! le supplia Tertius, en jetant des regards inquiets autour de lui. C'est de la folie de parler ainsi ! Un tel discours suffirait à te faire condamner pour haute trahison. Autant dire à la peine de mort…

Subrius tenta de le rassurer, mais il présentait des signes de nervosité :

– Calme-toi, je ne risque rien. Je ne suis pas le seul à être en colère contre Néron.

Par un regard implorant au ciel obscurci,

Tertius sembla invoquer les dieux pour qu'ils l'aident à réduire son frère au silence.

– Pourquoi Néron aurait-il allumé le feu ? glissa Julien, l'air dégagé.

– L'empereur pense qu'il est un chanteur et un acteur d'exception, murmura Subrius. Et les grands artistes ont besoin de belles mises en scène. Je sais qu'il est fasciné par l'incendie de Troie, en Grèce. Ce désastre l'a inspiré pour composer des chants et des poèmes. Par Jupiter, ces œuvres sont pitoyables !

Julien n'en croyait pas ses oreilles :

– Il aurait incendié la ville pour que le brasier serve de décor à son spectacle ?

Le silence de Subrius en dit long.

– Si c'est le cas, il est vraiment fou à lier, glissa Léo, d'une voix sourde.

– Allez-vous cesser cette conversation, oui ou non ? s'agaça Tertius. Nous avons survécu à la catastrophe, et maintenant c'est vous qui nous mettez en danger en prononçant des paroles inconsidérées !

Le prétorien eut un haussement d'épaules.

– Tu as raison, fêtons plutôt nos retrouvailles. Je vais essayer de rapporter du vin, déclara-t-il en se levant.

– Nous, on s'occupe de trouver de l'eau fraîche, lança Julien.

Il fit signe à ses amis de l'accompagner.

– J'étais certain que Subrius était l'homme qu'il nous fallait ! murmura en chemin le garçon, tout excité. Grâce à lui, nous avons certainement le mobile de Néron ! Un immense incendie, pour agrémenter la mise en scène d'une pièce de théâtre, avec, à la clé, des milliers de vies humaines sacrifiées. Quelle horreur !

– Tout doux, le mit en garde Kim, qui venait de se souvenir de leur première nuit à Rome. Ne nous focalisons pas sur lui. Rappelez-vous, par exemple, du commerçant sous les arcades qui avait l'air de souhaiter que son étal prenne feu !

Léo secoua la tête :

– Non, il n'y est pour rien. L'homme que j'ai vu disparaître en courant était grand, et celui dont tu parles, plutôt petit…

– Bien. Revenons à l'hypothèse de l'empereur, dit la jeune fille. Nous ne savons toujours pas où il a passé la nuit de l'incendie, mais j'ai une idée qui pourrait nous aider à le découvrir !

Les garçons la fixèrent, suspendus à ses lèvres.

– Retournons au Circus maximus, reprit-elle. Là où notre aventure a commencé. Les marchands ont dû rouvrir leurs boutiques. Ce sont eux, les agences de presse de l'époque, ne l'oubliez pas !

Léo était sceptique :

– Je serais très étonné qu'ils aient déjà pu réinstaller leurs marchandises ! Les foyers ne sont sans doute pas encore éteints, là-bas.

– Essayons tout de même, insista Kim. On en profitera pour chercher Kija !

Ce dernier argument convainquit Léo.

7. Kija !

Pour rejoindre le cirque, les enfants durent traverser un quartier de ruines fumantes qui, hier encore, abritait les plus démunis. De pauvres gens en guenilles erraient parmi les décombres, soulevant des pierres et fouillant les gravats à mains nues. Ils fixèrent le trio, méfiants comme des loups sur la piste d'une horde ennemie. Tête baissée, les jeunes gens hâtèrent le pas. Ils atteignirent rapidement le *pont Sublicius*, traversèrent le *Tibre* et rejoignirent enfin le cirque. Les arcades et la façade, recouvertes de suie, ressemblaient désormais à un squelette carbonisé. Aucune échoppe n'avait été épargnée…

Kim avala péniblement sa salive. Comment avait-elle pu s'imaginer qu'un marché pourrait ouvrir après un tel événement !

Soudain, elle vit quelqu'un remuer un tas de cendres. Elle s'en approcha et lui demanda, d'une voix compatissante :

– C'était ta boutique ?

L'homme leva vers elle ses yeux cernés :

– C'était... Voilà le mot qui convient. Il n'en reste plus rien. Toutes mes luxueuses étoffes de *Lugdunum* ont brûlé. Je suis ruiné !

– Tu es de Rome ? poursuivit Kim.

– Hélas, oui. J'habite dans cette cité abandonnée des dieux. Par Jupiter, comme ils doivent la haïr pour l'avoir anéantie !

La jeune fille hocha la tête :

– C'est vrai. Les habitants des autres villes ont bien de la chance... Ceux d'Antium par exemple ; les voyageurs aussi qui, comme Néron, y séjournaient alors que les flammes dévastaient tout ici...

Le marchand lui lança un regard sceptique :

– Néron ? À Antium ? Première nouvelle... Je croyais qu'il était dans son palais, en train de déclamer des vers enflammés ! Des gens prétendent même que c'est lui, l'incendiaire !

– Je l'ai entendu dire, moi aussi, reconnut Kim.

Elle décida soudain de jouer son va-tout et demanda à brûle-pourpoint :

– Connais-tu quelqu'un qui habite à Antium ?

Le commerçant fit un petit signe affirmatif :

– Oui, Aulus, le gars, là-bas, avec son chariot. C'est un négociant en vin d'Antium.

Les trois amis prirent congé et se dirigèrent vers le nouvel arrivant, qui s'était figé devant sa charrette. Perplexe, le petit homme, de forte corpulence, semblait se demander s'il devait décharger ou non ses *amphores*. Il n'y avait pas l'ombre d'un client à l'horizon.

– Qu'est-ce que vous voulez ? leur demanda-t-il sans ménagement. Ne me dites pas que c'est mon vin qui vous intéresse !

– *Salve* ! lança Kim d'une voix aimable. Mais si, nous venons pour ton vin, notre père nous envoie t'en acheter…

Le visage de son interlocuteur s'éclaira aussitôt :

– J'espère qu'il n'a pas oublié de vous donner des *sesterces*, par Mercure !

– Bien sûr que non !

Le mensonge ne fit pas rougir Kim. Elle ponctua sa déclaration d'une ravissante œillade qui fit fondre les derniers doutes du négociant en vin.

– Que désires-tu, charmante enfant ? susurra-t-il.

– Ces vins viennent bien d'Antium ? l'interrogea-t-elle en retour.

– Absolument ! J'en arrive à l'instant !

– Notre père y tient vraiment, affirma Kim devant les garçons stupéfaits. Comme l'empereur !

– Oui, je sais. Néron apprécie beaucoup les vins d'Antium, surtout les miens, d'ailleurs ! Il aime leur arôme épicé. Que penses-tu de cette amphore pour ton père ?

– Oui, pourquoi pas..., répondit Kim, très calme en apparence.

En réalité, elle sentait l'inquiétude la gagner peu à peu : elle n'avait pas le moindre sesterce sur elle !

– Dis-moi, l'empereur t'en a-t-il acheté hier ? continua-t-elle.

La méfiance envahit de nouveau les traits du commerçant :

– Quel rapport avec notre affaire ?

– En fait, notre père privilégie les vins servis à la table impériale.

– Ah, je comprends ! Oui, hier après-midi son majordome est venu me passer une grosse commande, que j'ai livrée le soir même au palais d'Antium, où Néron donnait une réception.

Kim respira profondément : elle avait enfin l'information qu'ils attendaient. Il ne lui restait plus qu'à trouver une porte de sortie…

– Julien, passe-moi les sesterces ! demanda-t-elle d'une voix assurée.

– Pardon ?

– Donne-moi l'argent que père t'a confié !

Julien avala sa salive :

– Euh, je crois que je l'ai oublié à la maison…

Le négociant mit les poings sur ses hanches :

– Dites-moi, tous les trois, se pourrait-il que vous me fassiez perdre mon temps ?

Kim hocha la tête :

– J'en ai bien peur, désolée ! On se dépêche d'aller chercher la bourse et on revient !

Sur ces mots, ils s'enfuirent en courant sous les vociférations du marchand, et se retrouvèrent bientôt près du cirque, au beau milieu d'un amoncellement de poutres calcinées, où ils purent s'arrêter pour reprendre leur souffle.

– Ce coin me rappelle quelque chose, s'exclama Léo. Je crois que ce sont les restes de l'échoppe où nous avons dormi à notre arrivée à Rome.

– Là où l'incendie a démarré, compléta Julien, d'une voix sourde.

– En tout cas, on a bien fait d'aller questionner ce type, non ? On est sûrs désormais que Néron était à Antium quand le feu a pris, fit remarquer Kim.

Léo eut un petit geste affirmatif de la main, puis réfléchit à haute voix :

– Oui, mais, si le négociant dit la vérité, ça signifie que l'hypothèse de l'empereur chantant sur le toit de son palais est fausse. Ce qui nous amène à une nouvelle question : pourquoi Subrius l'a-t-il évoquée devant nous ?

– Il déteste l'empereur. Peut-être espère-t-il le compromettre en répandant la rumeur de sa culpabilité, suggéra Julien. Je me demande si…

– Chut ! l'interrompit Kim, tout excitée. Vous avez entendu ?

– Quoi ?

– Mais taisez-vous donc ! s'exclama la jeune fille en se penchant sur les décombres.

Soudain, elle distingua de nouveau un petit bruit qui ressemblait à un léger miaulement !

– Là ! Il y a un chat là-dessous ! souffla-t-elle en écarquillant les yeux.

Elle attrapa les restes d'une planche. Les garçons saisirent un plateau calciné et le jetèrent de côté, découvrant une sorte de cuve remplie de gravats, qui avait peut-être servi de citerne aux commerçants. Les trois amis se mirent à creuser avec ardeur tandis que les miaulements semblaient se rapprocher de plus en plus.

« Seigneur, pourvu que ce soit elle ! » pensa Kim, en sueur. Une fois encore, elle eut conscience de l'immense affection qu'elle vouait à Kija.

Sa main atteignit un bloc de pierre. Que cachait-il ? Son angoisse se mêlait à l'espoir de découvrir qui était enfermé dessous.

– Aidez-moi, les garçons, je ne vais pas arriver à déplacer ce gros truc toute seule !

Ils poussèrent la dalle sur le côté, et se retrouvèrent face à une petite boule de poils couverte de poussière, aux grands yeux verts remplis de crainte.

– Kija ! s'écria la jeune fille en se penchant.

La chatte sauta dans ses bras et se mit à ronronner, tandis que des larmes ruisselaient sur les joues de sa maîtresse.

– Au fond de moi, je savais que tu étais vivante ! balbutia-t-elle.

Elle l'examina attentivement et conclut, stupéfaite :

– Tu n'as rien, pas même une égratignure ! C'est un miracle…

– Elle a dû être ensevelie quand les baraques se sont effondrées, expliqua Julien. Elle a sûrement très très soif !

Ils coururent à la fontaine la plus proche, puisèrent de l'eau et lui en présentèrent. Elle but longuement, puis entreprit de lécher son poil avec application.

– Encore un instant, et notre vieille dame aura retrouvé son aspect habituel ! constata Léo en riant, soulagé.

Kija se frotta ensuite contre leurs jambes, comme pour les remercier de l'avoir sauvée. Puis elle miaula, mais cette fois il était clair qu'elle voulait leur dire quelque chose d'important. La queue dressée, elle s'éloigna.

– Où va-t-elle ? demanda Léo, perplexe.

Kim haussa les épaules :

– Tout ce que fait Kija a un sens. Suivons-la !

8. Une découverte intéressante

À la grande surprise des trois amis, Kija retourna vers l'amas de décombres dont elle venait tout juste d'être libérée. Elle se faufila entre les restes de l'échoppe et disparut de nouveau.

– Oh, non ! Ça ne va pas recommencer ! gémit Léo.

Kim sauta sur une grosse pierre et examina les alentours.

– Elle est là ! s'écria-t-elle en désignant le puits où la chatte était restée emprisonnée.

Celle-ci était assise au fond du trou et miaulait énergiquement.

– Qu'est-ce que tu as ? lui demanda Julien.

Kija miaula de façon presque agressive et se mit à fouiller les cendres avec la patte droite.

– Hé, regardez ! Elle a trouvé quelque chose ! s'exclama Kim.

La jeune fille se laissa glisser à côté de l'animal et s'agenouilla : un morceau de métal rond émergeait des gravats.

– On dirait une boucle de ceinture..., murmura Kim, déçue. Quelqu'un l'aura probablement perdue ici.

Julien s'approcha à son tour :

– Donne-la-moi !

Il nettoya l'objet avec d'infinies précautions et l'examina dans ses moindres détails. Tout à coup, il laissa échapper un petit sifflement.

– Ça alors... C'est... C'est vraiment incroyable, bredouilla-t-il.

– Quoi donc ? Explique-toi !

– Il y a une lyre gravée dessus ! expliqua le garçon. Rares sont ceux qui ont le droit de porter ce symbole à Rome...

– Ne fais pas durer le suspense, s'il te plaît ! intervint Kim.

Julien glissa la pièce à conviction sous sa tunique et reprit :

– Ces heureux élus, ce sont les prétoriens !

– Pardon ?

– Oui, quand Néron a traversé le camp de réfugiés, j'ai remarqué que cet insigne ornait le ceinturon de tous ses gardes du corps.

Julien fit une pause pour caresser Kija :

– Bien joué, ma belle !

– Mais pourquoi ce truc se trouve-t-il à l'endroit même où le feu a pris ? réfléchit Léo à haute voix, tout en triturant le lobe de son oreille.

– Facile ! lança Julien, les paupières à demi fermées. Parce que l'incendiaire l'a perdu ici !

– Une seconde, l'arrêta Kim, incrédule. Tu sous-entends qu'un prétorien est responsable de l'incendie ?

– Exactement ! Et je vais même te révéler le nom de celui que je soupçonne : Subrius ! Il a fait peser le doute sur Néron en laissant entendre que l'empereur voulait se servir du feu comme d'un décor pour son spectacle. Mais, en fait, c'est peut-être lui qui a allumé l'incendie pour salir son image !

Kim gonfla les joues :

– Pff, ce serait vraiment un plan machiavélique… Mais on ne peut pas se contenter de suppositions, il nous faut des preuves !

Julien fouilla sa tunique et en ressortit leur trouvaille :

– Elle est là, la preuve !

– Oui, mais on ne sait pas à qui elle appartient…, tempéra Kim.

Julien hocha la tête :

– Tu as raison. Il va falloir qu'on tire ça au clair. Voilà ce que je propose : on ne lâche pas Subrius d'une semelle et on vérifie s'il manque une boucle à l'une de ses tenues. Venez, on retourne à la tente !

9. Une rencontre secrète

La capacité d'accueil du village de tentes, installé dans les jardins de l'empereur, était à présent saturée. En effet, des réfugiés ne cessaient d'affluer de quartiers entiers de Rome, que les flammes ravageaient encore. De nouveaux foyers renaissaient de brasiers mal éteints et chassaient les habitants accablés de leurs logements. Les légionnaires tentaient, à grand-peine, de maîtriser le désordre qui régnait désormais dans le camp. Au port d'*Ostie*, les livraisons de nourriture se multipliaient afin que personne n'ait à souffrir de la faim ou de la soif ; mais le désespoir se lisait sur tous les visages. La plupart des gens avaient perdu un proche ou un ami dans l'incendie, et ne possédaient plus rien, hormis les vêtements qu'ils portaient.

À leur arrivée, les enfants constatèrent que Tertius et sa famille avaient l'air d'aller mieux que leurs compagnons d'infortune.

– Vous voilà enfin ! s'exclama le Romain, l'air rayonnant. Mais que vois-je ? Vous avez retrouvé votre chatte !

– Oui ! confirma Kim, aux anges. Nous avons réussi à la sortir du tas de gravats sous lequel elle était ensevelie.

– Je savais qu'elle finirait par refaire surface ! rit Tertius. Ici aussi, il y a de bonnes nouvelles : Subrius a envoyé un esclave nous prévenir que sa *villa* était de nouveau habitable. Nous allons y emménager provisoirement et, bien sûr, si vous le souhaitez, vous nous accompagnez ! Nous pouvons partir sans tarder, Livia et Rufus sont prêts. Qu'en dites-vous ?

Les trois amis trouvèrent l'idée excellente : c'était pour eux l'occasion rêvée de garder Subrius à l'œil !

Une heure plus tard, ils atteignirent la demeure du prétorien. Un esclave leur ouvrit la porte, dévoilant un magnifique sol pavé de mosaïques, qu'ils foulèrent jusqu'à l'*atrium*, miraculeusement épargné par le feu. Des nénuphars flottaient dans la vasque rectangulaire d'une fontaine qu'ornait une statue de Bacchus.

Subrius se tenait près de l'autel du foyer et tendit la main en apercevant le petit groupe :

– Salut à vous, mes amis !

Les enfants répondirent poliment, tandis que Julien, déçu, remarquait que le maître de maison ne portait pas sa tenue militaire, mais une élégante tunique et une toge. Impossible donc de vérifier s'il manquait une boucle à sa ceinture.

– Je viens à l'instant de faire une offrande aux *lares*, leur apprit-il. Pour qu'ils protègent ma famille… et ma maison. Avez-vous faim ? En ce cas, passons à table !

Il les emmena jusqu'à la salle à manger, le *triclinium*, où trois lits étaient disposés autour d'une grande table. Julien, Kim, Léo et Kija s'installèrent confortablement et découvrirent avec surprise la profusion de mets servis par les esclaves pour la *cena* : de succulents amuse-gueule au poisson, de goûteux fromages, des olives fourrées et, comme plat principal, un rôti à la curieuse forme allongée.

– Quelle est donc cette merveille ? demanda Livia avec curiosité.

– Un délice, ma chère, répliqua fièrement Subrius. Du cou de girafe farci sur un lit de feuilles de laurier !

Livia s'efforça de transformer sa moue de dégoût en sourire, puis tenta d'empêcher Rufus de semer des olives sur la table.

– Tu n'es pas au service de l'empereur, aujourd'hui ? s'enquit Tertius, dans un effort visible pour changer de conversation.

Une ride se forma sur le front de Subrius :

– Non, et j'en remercie le grand Jupiter. Après le calvaire de la nuit dernière, j'ai quartier libre ce soir.

Les enfants hochèrent la tête.

– Puis-je te proposer un morceau de cou de girafe, Kim ? demanda alors Léo avec une politesse exagérée.

Kim réprima un petit ricanement :

– Oh oui, avec grand plaisir !

Ce fut une soirée agréable, sans incident. Les trois amis se détendirent, tout en dégustant des dattes fraîches et des petits pains égyptiens au miel, mais ils n'apprirent rien de plus.

La nuit était déjà bien avancée, et Rufus, endormi depuis longtemps sur les genoux de sa mère, lorsque Subrius se leva et bâilla :

– Il est temps de regagner nos lits. Une journée difficile nous attend encore demain. Peut-être réussiras-tu à trouver du travail, Tertius ? Je vais me renseigner pour toi.

Un esclave conduisit les enfants jusqu'à leur chambre : Kim et Julien s'allongèrent tout de suite dans la vaste pièce tandis que Léo se postait à la fenêtre.

– On voit une ou deux étoiles et même la lune ! constata le garçon avec soulagement. Cette horrible purée de pois se dissipe peu à peu !

Soudain, Léo aperçut une silhouette qui se glissait dehors. Pendant un instant, le clair de lune illumina son visage et le garçon laissa échapper un petit sifflement :

– Subrius vient de sortir ! Où peut-il bien aller ?

– Subrius ? Tu en es sûr ? s'étonna Julien. Je croyais qu'il voulait se coucher...

– Ma foi, il a dû changer d'avis ! Il faut le suivre, il manigance probablement quelque chose, sinon pourquoi serait-il sorti en douce ?

Dans la rue déserte, les trois amis rasaient les murs, en ayant soin de rester sur les talons de Subrius. Une lumière blafarde inondait la ville.

Tout à coup, le ciel rougeoya au loin, derrière une rangée de maisons, signe que tous les foyers d'incendie n'étaient pas éteints.

Le prétorien marchait d'un pas vif. Il était si sûr de ne pas être suivi que pas une seule fois il ne se retourna. Les enfants étaient néanmoins prudents et ne cessaient de jeter des coups d'œil inquiets par-dessus leurs épaules.

– Oh, non ! s'exclama tout à coup Kim en posant la main sur sa bouche.

– Que se passe-t-il ?

– Le… le balafré…, balbutia la jeune fille. Je viens de l'apercevoir.

– Où ça ?

– À l'angle du pâté de maisons ; il a replongé aussitôt dans la nuit.

– On dirait qu'il surveille chacun de nos faits et gestes, murmura Julien. Qu'est-ce qu'on fait ?

– On continue à avancer comme si de rien n'était, trancha Léo. Notre objectif, c'est de ne pas perdre de vue Subrius.

Le cœur battant la chamade, ils se remirent en route et traversèrent la ville endormie. Kim se retourna à trois reprises, mais l'homme à la cicatrice demeurait invisible. Elle croisait les doigts pour qu'il ait décidé d'abandonner. Peut-être avait-il remarqué qu'elle l'avait vu ? Rien ne pouvait davantage effrayer un espion ou un indicateur que la perspective d'être découvert…

Peu après, ils atteignirent le port sur le Tibre.

Des greniers à grain y côtoyaient des ateliers, des tavernes et des maisons closes. Subrius fila tout droit vers l'un des bateaux amarrés à quai, un grand voilier élégant, pourvu d'une double rangée de rames, qui lui permettaient sans doute d'atteindre une vitesse impressionnante. Aucune lumière ne brillait sur le pont. La fière embarcation semblait déserte.

Sûr de lui, Subrius grimpa à bord. Il chercha son équilibre sur l'étroite passerelle, puis disparut dans l'obscurité.

Les trois amis se regardèrent, perplexes : que faire à présent ?

Kija prit la décision à leur place : elle suivit le prétorien.

– Je ne le sens pas, ce plan, murmura Julien, le dernier à poser le pied sur la planche. Je ne le sens VRAIMENT pas !

– Tais-toi ! siffla Léo en le poussant derrière un tonneau près du bastingage.

Ils examinèrent prudemment les lieux. Ils constatèrent avec étonnement qu'il n'y avait pas de sentinelle sur le pont.

– Vous voyez la lueur, là-bas ? chuchota Léo.

Il leur montra du doigt une cabine à la poupe du bateau, à environ vingt mètres.

– C'est là que se cache Subrius, j'en suis sûr, souffla Julien. J'aimerais bien savoir ce qu'il fabrique sur ce rafiot en pleine nuit !

Léo fit la grimace :

– Ça m'intéresse aussi, figure-toi, et c'est pour ça que je vais aller voir…

– Tu es fou ! s'écria Julien.

– Non, juste curieux !

Sur ces mots, le garçon s'élança tête baissée, Kim et Kija derrière lui. Julien hésita, puis finit par les suivre.

– Je ne le sens pas…, répéta-t-il tout bas.

Soudain, au niveau du grand mât, son pied buta contre un cordage, et le garçon s'écroula dans un bruit assourdissant. Transi de peur, il resta figé au sol, les yeux rivés sur ses amis. Kim eut un geste de contrariété, puis rejoignit Léo et Kija, réfugiés derrière une grosse caisse en bois. Julien comprit qu'il fallait qu'il disparaisse aussi, le plus vite possible !

La porte de la cabine s'ouvrit à la volée. Fuir, mais par où ? La cachette de ses amis était beaucoup trop éloignée pour qu'il espère la rejoindre. Et il n'y avait rien d'autre sur le pont !

Un homme tenant un flambeau s'encadra dans l'embrasure et Julien sentit sa poitrine se contracter d'angoisse. Pour l'instant, l'autre ne l'avait pas vu, mais, dès qu'il avancerait, Julien n'aurait d'autre choix que de sauter dans le fleuve. Cette perspective ne l'enchantait pas. Il avait toujours été très impressionné par le plongeoir de Siebenhann, qui dominait fièrement la piscine découverte du haut de ses trois mètres. Il rampa néanmoins jusqu'au bastingage, au cas où il lui faudrait se jeter à l'eau…

– Il y a quelqu'un ? fit une voix.

« Non, imbécile, il n'y a personne…, répondit mentalement le garçon. Retourne d'où tu viens et épargne-moi le plongeon dans le Tibre ! »

L'individu ne semblait pas décidé à accéder à cette prière muette : la lumière de la torche s'approcha lentement, et des pas lourds résonnèrent sur le sol en bois. Surmontant sa peur, Julien profita d'un instant où le marin regardait dans une autre direction pour enjamber le bastingage. Les jambes pendant au-dessus de l'eau, il s'accrocha au parapet, les bras raidis par l'effort.

Le garçon regarda au-dessous de lui et sentit ses cheveux se hérisser sur sa nuque : l'eau du Tibre était noire, probablement glacée et d'une profondeur insondable. Il serra les dents. Soudain, le bout de ses sandales heurta quelque chose de dur. L'espoir l'envahit. Après un rapide coup d'œil prudent, il s'aperçut qu'il lui manquait juste quelques centimètres pour atteindre une moulure en bois. Il s'étira et posa ses pieds en sécurité sur l'étroite corniche, en s'accrochant fermement et en plaquant son corps contre la coque. L'homme était maintenant juste au-dessus de lui.

Julien bloqua sa respiration.

La lueur de la torche s'éloigna, puis la sentinelle s'arrêta, rebroussa chemin, passa une fois encore devant Julien et disparut en direction de la cabine.

Dès qu'il entendit la porte claquer, le garçon s'extirpa de sa cachette, escalada le parapet et rejoignit ses amis.

– On a eu chaud ! souffla Kim, tendue. Tu voulais donner l'alerte à tout l'équipage ou quoi ?

– J'ai trébuché ! Je ne l'ai pas fait exprès ! répliqua Julien.

Kim soupira :

– Tâche de faire attention où tu mets les pieds désormais, d'accord ?

Julien s'apprêtait à lancer une remarque cinglante, mais il jugea que le moment était mal choisi pour se disputer. De plus, Léo et Kija franchissaient déjà les derniers mètres qui les séparaient de la cabine.

Léo s'approcha d'une fenêtre, mais elle était fermée. Déçu, il s'immobilisa. Kija prit alors la direction des opérations, suivie à pas de loup par les trois amis. La chatte fit le tour de la cabine et les conduisit à l'arrière, où se trouvait un second hublot : il était entrouvert ! Un rai de lumière en sortait, comme un long doigt jaune pointé sur le pont. Les détectives se postèrent en dessous et prêtèrent l'oreille.

– Voyez-vous, je pense que le moment était bien choisi, fit un homme.

– Je partage ton avis, honorable sénateur Caius Calpurnius Piso[1], répondit une voix, qu'ils identifièrent sans peine comme étant celle de Subrius. Par Jupiter, Néron est devenu insupportable et le peuple grogne.

– Grogne ? Mon cher ami, le mot est faible, répondit le sénateur. Dans de nombreux quartiers, les légionnaires répriment à grand-peine l'insurrection ! Cela ne peut plus durer.

– Qu'en pensent les autres sénateurs ? s'inquiéta un troisième interlocuteur.

Julien sursauta : il y avait visiblement plusieurs personnages influents. Et, s'ils étaient réunis sur ce bateau, c'était sans doute pour être discrets et rester à l'abri des témoins.

– L'ambiance est bien meilleure à présent, répondit posément Caius Calpurnius Piso. Vous savez combien notre empereur aimait à se moquer du sénat… Eh bien, ce n'est plus le cas ! Cet incendie a effacé le sourire du visage bouffi de Néron. Il est au bord du gouffre et cela

1. Pour des raisons romanesques, l'auteur a choisi d'anticiper de quelques mois la révolte contre Néron organisée par Caius Calpurnius Piso en avril 65 ap. J.-C., et connue sous le nom de « conjuration de Pison ». *(N.d.T.)*

nous procure, à nous sénateurs, une certaine satisfaction, pour ne pas dire une franche jubilation !

– Oui ! ajouta quelqu'un. Néron est en très mauvaise posture. Je me demande combien de temps il va tenir !

– Il faut être prudents, les mit en garde un autre participant. Aujourd'hui, il a encore fait arrêter l'un des nôtres et l'a banni ; il s'agit de mon cher ami Marcus Aulus Apicius. Et sans même le juger ! Néron est à l'affût de la moindre trahison : ses espions ont infiltré toute la ville. Il est désormais totalement incontrôlable !

– C'est vrai, confirma Caius Calpurnius Piso. Il a l'œil sur le sénat, parce que nous devenons trop puissants à son goût… De plus, nous refusons sa tyrannie ! Mais nous ne sommes plus seuls : le peuple, et même l'aristocratie, nous ont rejoints. Seuls les prétoriens lui sont restés fidèles, n'est-ce pas, Subrius ?

– Notre soutien s'effrite, leur apprit Subrius. Car il a une attitude méprisante à notre égard. Il nous considère comme de stupides machines à combattre, juste bonnes à exécuter ses ordres les plus fous. Lui, le grand artiste, se juge bien supérieur à nous ! Voilà pourquoi beaucoup le détestent.

– Et toi, Subrius, quels sont tes sentiments à son égard ? demanda Caius Calpurnius Piso à voix basse.

– Par Jupiter, moi aussi, je le hais ! lâcha Subrius. Il y a longtemps que sa prétention m'insupporte. Néron joue de la lyre au lieu de diriger l'État, et compose des poèmes au lieu de rendre la justice ! Ses décisions, quand il daigne en prendre, arrivent toujours trop tard. Il est débauché et dépense sans compter. Nous avons besoin d'un homme fort à la tête de notre empire, et non d'un pseudo comédien-chanteur !

Le silence accueillit ces paroles et se prolongea un instant.

Julien essayait de digérer toutes ces informations. Que se tramait-il ici ? Quelles étaient les intentions de ce groupe ? Renverser le pouvoir en place ?

– Oui, soupira Caius Calpurnius Piso. Il nous faut un empereur puissant. Le règne de Néron est terminé. Cet incendie est finalement arrivé au bon moment.

Des rires étouffés s'échappèrent. Stupéfait, Julien échangea un regard avec ses amis.

Cet incendie est finalement arrivé au bon moment… Le pouls du garçon s'accéléra. Ces hauts dignitaires pouvaient-ils être les incendiaires de Rome ? Subrius n'était-il pas le seul responsable du départ du feu ? Sa haine pour Néron était un mobile de taille ! Quant aux notables, ils avaient sans doute agi de concert et attendaient désormais une bonne occasion pour porter le coup de grâce à Néron…

– Que proposes-tu, Caius ? Crois-tu que le moment est venu de passer à l'action ?

La voix de Subrius vibrait d'impatience, mais le sénateur ne répondit pas. Les enfants entendirent le bruit d'une chaise que l'on déplaçait, et le mince filet de lumière disparut : quelqu'un venait de fermer la fenêtre. Les voix dans la cabine étaient à présent un murmure, que le trio n'avait plus aucune chance de saisir.

Léo fit un signe en direction de la planche étroite qui leur avait permis de grimper sur le voilier, et ils quittèrent leur poste d'observation pour regagner le quai sans se faire remarquer.

– Ça ressemble fort à une conjuration pour détrôner Néron..., déclara Julien.

– Exact, approuva Kim. Ils sont sûrement à l'origine de l'incendie.

– Dommage qu'aucun d'eux ne l'ait avoué clairement, regretta Léo, pensif. Car il nous manque toujours une preuve formelle...

– La boucle de ceinture..., murmura Kim. C'est elle qui nous conduira au coupable ! Il faut examiner les vêtements de Subrius. Comme nous logeons chez lui, ça ne devrait pas être trop difficile !

– Minute, tu n'as pas l'intention d'aller fouiller dans ses habits, tout de même ! s'indigna Julien.

Un petit sourire rusé éclaira le visage de Kim :

– Il suffira d'attendre le bon moment... Et maintenant, messieurs, il est l'heure de rentrer. Nous avons du pain sur la planche !

10. La fuite

Le lendemain matin, Kim et ses amis ne se levèrent pas aussi tôt qu'ils l'avaient prévu. Exténués par leur longue nuit dans le port, ils s'étaient blottis dans leurs lits moelleux. Lorsque, enfin, ils ouvrirent les yeux, le soleil brillait déjà haut dans le ciel.

Très prévenants, les esclaves du prétorien leur servirent un copieux petit déjeuner, composé de fruits frais et de pain tout juste sorti du four. Tertius et les siens ne se montrèrent pas. Les domestiques les informèrent qu'ils avaient quitté la villa dès l'aube, pour chercher un nouveau logement et du travail. Ils tressaillirent en apprenant que Subrius avait repris son service : il était donc absent.

– La voilà, l'occasion rêvée d'explorer la maison sans se faire remarquer ! se réjouit Kim.

À cette idée, Julien eut la chair de poule :

– Je ne vous raconte même pas ce qu'on risque si on se fait prendre !

– Très juste, approuva la jeune fille. C'est pour ça qu'on va être super prudents !

Après s'être restaurés, les trois amis se rendirent dans le *péristyle* aux colonnes finement ouvragées et feignirent de s'intéresser aux magnifiques parterres de fleurs. Le personnel de la maison vaquait à ses occupations et ne leur prêtait aucune attention.

– Il faut que nous trouvions les appartements de Subrius, murmura Kim.

– Oui, répondit Julien. Ils doivent être derrière le triclinium. Il est parti dans cette direction hier soir, après nous avoir souhaité bonne nuit.

– Bon, allons-y ! lança la jeune fille en tournant les talons.

Dans la salle à manger, soigneusement rangée, il n'y avait pas âme qui vive. Les jeunes gens, précédés par Kija, la traversèrent sans traîner. Ils parcoururent un couloir desservant de nombreuses salles, mais, sans hésiter, la chatte continuait son chemin. Soudain, elle s'arrêta devant une porte fermée et miaula doucement. Les appartements de Subrius se cachaient-ils derrière ?

Kim colla une oreille contre le panneau : pas un bruit. Elle se risqua à l'ouvrir et se glissa à l'intérieur de la chambre, qui semblait communiquer avec une autre pièce. Il y avait peu de mobilier, mais il était de qualité, surtout le grand lit richement orné et encadré de deux imposants vases grecs d'une beauté fascinante. Deux coffres alignés contre un mur retinrent l'attention de Kim. Elle ouvrit le premier avec prudence et y trouva ce qu'elle cherchait : des vêtements ! Une tunique pliée avec soin, une toge, mais aucune ceinture à la boucle manquante…

– Dépêche-toi ! la pressa Julien. Quelqu'un peut arriver d'un instant à l'autre.

– Viens plutôt m'aider, on ira plus vite !

Le garçon préféra continuer à monter la garde devant le couloir. Léo, lui, fouilla la deuxième caisse, mais sans plus de succès. Au moment où Kim et Léo allaient renoncer à leurs recherches, une servante à la peau foncée, venant de la salle voisine, apparut, les bras chargés d'une pile de linge.

Elle fixa alternativement les enfants et les coffres grands ouverts.

– Par *Junon*, aux voleurs ! s'écria-t-elle.

Glacés d'effroi, les trois amis se figèrent puis réagirent immédiatement : il fallait sortir d'ici, et vite ! Ils s'élancèrent dans le couloir, poursuivis par les hurlements de la femme.

– Je vous l'avais bien dit que c'était trop dangereux ! gémit Julien.

– Économise ton souffle et cours ! ordonna Kim.

Ils traversèrent la salle à manger à toute vitesse. L'entrée principale de la maison était en vue lorsqu'un esclave, aussi haut et large qu'un arbre, leur barra la route.

– Halte-là ! cria-t-il en étendant les bras.

Les jeunes gens stoppèrent net. Que faire ? Des éclats de voix résonnaient derrière eux : aucun doute, toute la maisonnée était à leurs trousses ! Le géant fit un pas dans leur direction, pour attraper Julien. Mais, soudain, il poussa un cri et se plia de douleur… Kija venait de planter ses crocs acérés dans son talon ! Kim, Julien et Léo profitèrent de ces quelques secondes d'inattention pour franchir le porche et s'échapper. Dehors, l'odeur de la ville carbonisée leur souleva le cœur.

Ils errèrent à travers les rues, le plus loin possible de la villa de Subrius, qui leur était désormais interdite. Mais les esclaves du prétorien les avaient suivis ; ils ne leur laisseraient aucun répit.

À bout de souffle, les enfants atteignirent un quartier d'artisans où s'étaient installés de nombreux orfèvres. Devant des *thermes*, ils bifurquèrent dans une ruelle et se retrouvèrent nez à nez avec une troupe de soldats conduite par le préfet du prétoire, Tigellin en personne ! Ils firent demi-tour, mais trop tard : les domestiques de Subrius leur barraient la route.

– Cette fois, nous sommes fichus ! murmura Léo, découragé.

Le garçon sentit alors une main calleuse se poser lourdement sur son épaule.

– On les tient ! s'écria un esclave d'une voix triomphante.

– Pas si vite ! s'interposa Tigellin. Que se passe-t-il ici ?

– Ils ont volé Subrius, notre maître !

– C'est faux ! protesta Julien qui, d'une certaine façon, ne mentait pas.

– Ils avaient l'intention de le faire, précisèrent les serviteurs. Nous les avons pris la main dans le sac. Ils se sont enfuis et nous les avons poursuivis jusqu'ici…

Tigellin dévisagea les jeunes gens :

– Est-ce vrai, par Jupiter ?

Embarrassés, les enfants ne surent que dire.

– Votre silence est un aveu ! trancha le préfet du prétoire en faisant signe à ses hommes. Arrêtez-les !

– Vous emmenez ces brigands ? s'étonnèrent les esclaves, stupéfaits.

– Oui, confirma Tigellin d'un ton glacial.

Je vais m'occuper moi-même de cette affaire. En ces temps troublés, nous devons punir avec sévérité tous les pilleurs sans scrupule…

– Nous n'avons rien volé ! s'écria Julien, terrorisé. C'est la vérité !

Tigellin se pencha vers le garçon ; une étrange lueur brillait dans ses yeux :

– Ah oui ? Tu pleurniches parce que tu as peur de perdre la liberté et la vie, mais ne te fatigue pas : c'est inutile ! De nombreux témoins sont prêts à confirmer votre crime et tout Rome brûle… de vous voir au cirque !

Julien se sentit défaillir. Tigellin n'était pas homme à proférer des menaces en l'air ! Leurs aventures allaient donc s'achever dans l'*arène*, où ils serviraient de pitance à des lions affamés, sous les acclamations d'une foule excitée et sans pitié. Peut-être Kija avait-elle une chance de s'en tirer ? La chatte s'était installée sur l'arête d'un mur et léchait son poil, comme si de rien n'était. Mais Julien savait qu'aucun détail ne lui échappait.

– Arrêtez-les ! commanda de nouveau Tigellin.

Les légionnaires encadrèrent les trois amis et le groupe avança. Kija ne tarda pas à les suivre.

– Il faut agir…, souffla Kim tout en marchant.

Julien lui jeta un regard sceptique :

– Et comment ?

– Je ne sais pas, mais on ne peut tout de même pas se laisser emmener comme ça !

– Taisez-vous ! les somma Tigellin.

– Non ! répliqua Kim avec audace. D'abord, nous avons une révélation importante à te faire.

Le prétorien ricana, mais Kim reprit, sous les yeux médusés de ses amis :

– Nous avons découvert un complot et pensons savoir qui a mis le feu à Rome…

Tigellin sembla réfléchir un instant, puis donna l'ordre à ses hommes de s'arrêter. Il prit Kim à part et la fixa avec tant d'intensité que la jeune fille, le cœur battant, eut l'impression qu'il la transperçait du regard.

– Fais très attention, menaça-t-il. Si tu crois que tu peux me rouler dans la farine, tu fais une grossière erreur. Je percerai tes mensonges à jour, et tu seras châtiée comme tu le mérites. Réfléchis bien à ce que tu vas me dire.

Kim avala sa salive avec difficulté. Rassemblant son courage, elle s'approcha de l'oreille du prétorien, résuma la scène à laquelle ils avaient assisté, puis lui fit part de leurs soupçons à l'encontre de Subrius.

Lorsqu'elle eut terminé, l'homme garda le silence. Une ride profonde avait creusé son front. Devait-il la croire ? Il leva les yeux vers le ciel, comme pour y lire la réponse.

– Conduisez-les chez moi, finit-il par ordonner.

– On ne les enferme plus au cachot ? Et les lions alors ? demanda l'un des soldats, déçu. Je pensais que…

Un seul regard de Tigellin suffit à le faire taire, et la troupe reprit la route, dans une autre direction.

– C'est la meilleure idée que tu aies jamais eue ! souffla Julien à Kim.

– Merci ! répondit la jeune fille, le visage rayonnant. Je pense qu'on peut faire confiance à Tigellin.

– Comment en es-tu si sûre ? demanda Léo.

Kim haussa les épaules :

– Je ne sais pas. Je le sens, c'est tout.

Le garçon n'ajouta rien. Évidemment, il était soulagé de n'avoir pas été jeté en prison, mais il éprouvait une certaine méfiance qu'il ne parvenait pas à chasser. Ils étaient dorénavant aux mains de Tigellin, et cette perspective ne l'enchantait guère. Il n'aurait su expliquer pourquoi, mais il avait un mauvais pressentiment…

11. La belle Domitia

L'immense villa de Tigellin était située sur les hauteurs de Rome. Le bâtiment, avec ses murs blancs, ses tuiles rouges, ses rares fenêtres et sa porte en bois massif, était élégant, mais peu accueillant. Alors qu'à quelques pas de là un champ de ruines calcinées témoignait de la rage déployée par l'incendie, la villa du prétorien avait été épargnée. Elle ressemblait à une oasis au milieu d'un sombre désert.

Comme si elle était télécommandée, la porte s'ouvrit dès que le préfet du prétoire se présenta.

– Je vais vous confier à mon épouse, Domitia, expliqua Tigellin aux enfants. Elle veillera sur vous en mon absence. Je dois mener l'enquête sans tarder, car il faut à tout prix protéger l'empereur des conjurés. Vous êtes des témoins importants et, ici, vous serez en sécurité. Je préviens Domitia de votre arrivée.

Sur ces mots, le prétorien disparut pour revenir très vite, accompagné d'une femme à la beauté peu commune. Ses cheveux étaient relevés en un chignon sophistiqué, et deux gracieuses petites boucles tombaient sur ses tempes. Elle était vêtue d'une *stola* en soie bleu clair, qui descendait jusqu'aux chevilles, et d'un manteau sombre, un *palla*, confectionné dans une pièce d'étoffe rectangulaire. Des bracelets en or, sertis de pierres précieuses, tintèrent à ses poignets lorsqu'elle fit un petit signe de la main à son mari qui s'éloignait à la tête de son bataillon. Puis elle se tourna vers les jeunes gens, le sourire aux lèvres :

– J'ai déjà eu l'occasion de recevoir des chanteurs célèbres, des comédiens, des sénateurs et même l'empereur, mais c'est bien la première fois qu'on me demande d'accueillir trois enfants !

– Et une chatte ! compléta Kim, sans se laisser impressionner.

Domitia haussa ses sourcils fardés :

– Une chatte ?

Kim pointa l'index sur Kija qui venait de se faufiler entre ses jambes.

– D'ordinaire, je ne tolère aucun animal chez moi, mais il n'y a plus rien d'ordinaire à présent… Non seulement notre Rome sacrée est en cendres, mais en plus on vient de m'apprendre qu'un complot se prépare, par Junon !

Elle les précéda dans le vestibule.

Derrière la façade toute blanche et d'une grande sobriété se cachait un décor luxueux : certains murs étaient recouverts de mosaïques composées d'une multitude de minuscules morceaux de pierre, tandis que d'autres étaient ornés d'élégantes sculptures sur bois.

Kim nota la propreté éclatante des lieux. De nombreux domestiques s'affairaient dans la maison, et, au prix de mille efforts, s'activaient afin qu'aucune miette, aucun grain de poussière ne souille le sol.

La maîtresse de maison conduisit les trois amis dans un magnifique jardin.

– Ce n'est qu'une petite partie de notre

domaine ! fit-elle comme pour s'excuser. Nous sommes les propriétaires des jardins Émilienne qui s'étendent derrière notre domus. Mon père est entrepreneur de travaux publics, et la moitié de la ville appartient à notre famille. Dans nos parcs, nous avons organisé des réceptions qui ont eu leur heure de gloire à Rome…

Elle s'assit sur un banc en soupirant :

– Pourvu que la vie reprenne bientôt son cours normal et que nous puissions à nouveau donner des fêtes en ces lieux. Asseyez-vous donc !

Les enfants obéirent. Un esclave apporta des boissons fraîches, et Domitia les pria de raconter leur histoire en détail. Ce fut Julien qui, cette fois, s'en chargea, tandis que la belle Romaine buvait ses paroles.

– Quelle affaire, cet incendie ! s'exclama-t-elle à la fin du récit. Heureusement, notre maison a été épargnée : les dieux l'ont protégée ! La populace se lamente, mais a-t-elle vraiment tout perdu ?

Domitia se leva et fit les cent pas.

– Eh bien, moi, je pense qu'elle exagère !

lâcha-t-elle. Ce feu ressemble un peu à un orage purificateur…

Elle s'interrompit un instant pour réfléchir.

– Oui, reprit-elle, je crois que c'est une bonne image…

Kim, incrédule, la dévisagea :

– Cette catastrophe a coûté la vie à des milliers de gens ! Comment oses-tu parler d'« orage purificateur » ?

Domitia jeta un regard hostile à la jeune fille :

– As-tu vraiment observé ces miséreux ? Ils vivent dans le dénuement et la crasse. Au sein de leurs quartiers, les épidémies se propagent à une vitesse folle, causant d'innombrables morts. Pourtant, il y en a toujours de nouveaux pour venir, par centaines, envahir notre belle cité ! Sans parler de ces chrétiens…

Kim sentit la colère la gagner :

– Les pauvres préféreraient vivre comme vous, c'est sûr ! Mais ils n'ont pas eu votre chance…

La jeune fille capta le regard d'avertissement que lui lançait Julien.

Le ravissant visage de Domitia se durcit ; des mots pleins de haine claquèrent :

– C'est vrai ! Et sais-tu pourquoi ? Parce que ces gens sont des paresseux et des bons à rien ! Que ces quartiers pouilleux aient brûlé n'est pas une perte. La seule chose que je déplore, c'est la destruction de nos temples et des bâtiments publics.

Le silence régna pendant quelques secondes. Kim avait du mal à ne pas lui répondre, mais elle ne pouvait pas prendre le risque d'être renvoyée de la maison de Tigellin. Elle et ses amis étaient toujours accusés de vol.

– Les pauvres et les chrétiens ! fit Domitia d'un ton coupant.

Étrangement, son agressivité s'était muée en une effrayante froideur :

– Leur rencontre est maudite. Ces deux communautés essaient de détruire tout ce qui est cher aux Romains : leurs croyances et leur ville. Mais ils n'y parviendront pas, par Junon !

Kim ne put se contenir plus longtemps :

– Tu ne soupçonnes tout de même pas les pauvres d'être à l'origine de cette catastrophe ?

Ça n'a aucun sens ! Ce sont eux qui ont été les plus touchés !

– Je n'ai pas dit qu'ils étaient responsables de l'incendie, rétorqua Domitia avec impatience. Les chrétiens, par contre… Ils nous haïssent, nous les Romains, car nous leur sommes supérieurs, et ils ont voulu se venger. Mais Néron fera reconstruire la ville, et elle sera encore plus belle qu'avant. Les chrétiens seront châtiés au cirque ! Quel dommage qu'un prétorien soit de mèche avec ces individus… Vous avez parlé de Subrius et de quelques sénateurs, n'est-ce pas ? Ils veulent sûrement renverser Néron pour s'emparer du pouvoir, et ces stupides chrétiens ne doivent être que des instruments entre leurs mains ! Il est possible aussi que Subrius ait épousé leur croyance… Mais, en fin de compte, c'est sans importance. Rome triomphera de ses ennemis, comme elle l'a toujours fait et le fera toujours…

Kim dut se retenir pour ne pas intervenir de nouveau. Elle sentit qu'il était temps de changer de sujet, afin de ne pas provoquer de querelle. Elle manifesta donc son admiration pour les plantes exotiques du jardin, et la maîtresse de maison fut heureuse de pouvoir partager son goût pour la botanique. Deux heures de papotage futile s'écoulèrent, avant qu'un esclave ne vienne les avertir du retour de Tigellin.

Tendus, les enfants suivirent Domitia dans le vestibule. Tigellin s'y trouvait déjà, l'air épuisé. En les apercevant, il redressa les épaules :

– Nous n'avons pas pu trouver de preuves contre Subrius. J'ai fait fouiller sa villa en vain : aucune boucle ne manquait à ses ceintures. Puis nous l'avons longuement interrogé, mais cela n'a rien donné.

– Et maintenant ? demanda Domitia d'un ton froid et tranchant. Que vas-tu faire, Tigellin ?

Le prétorien leva les yeux vers sa femme :

– J'ai une deuxième piste. Plusieurs personnes ont confié avoir vu des chrétiens mettre le feu à plusieurs endroits de la ville !

Un petit sourire étira les lèvres de la belle Romaine :

– Des chrétiens ? J'en étais sûre !

Les jeunes détectives échangèrent un regard perplexe : les chrétiens n'avaient rien à voir avec l'incendie, Tigellin commettait une grave erreur ! Julien, Kim et Léo comprirent qu'ils devaient sans tarder démasquer le vrai coupable.

– J'ai ordonné des arrestations. Les suspects vont être interrogés dans les heures qui viennent, compléta Tigellin. Nous attraperons les incendiaires de Rome, je t'en fais la promesse !

Domitia gratifia son mari d'un regard bienveillant :

– Je n'ai aucun doute là-dessus !

– De l'ouvrage t'attend, toi aussi, lui annonça Tigellin. Nous organisons ce soir une réception de la plus haute importance.

– Je vais donner des ordres en cuisine, répondit son épouse.

Sa voix reflétait la sérénité d'une femme certaine de ne pas avoir besoin de participer elle-même à la préparation du repas.

– Combien de personnes attends-tu ?

– Une.

– Il n'y aura qu'un seul invité ? lâcha-t-elle, irritée.

– Oui, mais quel convive ! Néron en personne...

Le prétorien fixa les enfants, sa voix devint un souffle menaçant :

– L'empereur désire faire la connaissance de ces chers petits, et leur poser quelques questions au sujet de Subrius !

Un nœud se forma dans la gorge de Julien. Quelque chose clochait : si Néron voulait leur parler, pourquoi ne les faisait-il pas conduire dans son palais ? Et pourquoi venait-il seul ? Où serait sa suite ? De plus, la perspective de subir un interrogatoire mené par un empereur à moitié fou ne lui plaisait pas du tout.

« Interrogatoire », le mot était bien choisi. Voilà à quoi il fallait s'attendre, et non plus à des conversations oiseuses ! Julien eut soudain la certitude que, ce soir, il faudrait user de la plus grande prudence.

12. De dangereuses questions

L'air nocturne était lourd ; Domitia décida donc de faire servir la cena dans l'atrium plutôt que dans le triclinium. Les esclaves œuvrèrent pour donner au dîner une note festive : ils installèrent des lits parsemés de pétales de fleurs, ainsi qu'un buste de Néron, placé près de l'autel du foyer, et mis en valeur par l'un des nombreux flambeaux allumés pour l'occasion. Trois musiciens, des danseuses et un jeune poète talentueux, patientaient dans les pièces attenantes, prêts à intervenir au moindre claquement de doigts de Domitia. De brefs ordres et de délicieux fumets s'échappaient de la cuisine.

Kim, Julien, Léo et Kija s'étaient assis au bord du bassin, au centre de l'atrium. Ils observaient les préparatifs, tout en prenant soin de ne pas gêner les allées et venues des domestiques. Ils s'attendaient à être mis à contribution, mais il n'en fut rien. Cela leur parut étrange, et plutôt inquiétant. C'était comme si on voulait les préserver, pour mieux les tourmenter dans quelques heures. Une étrange atmosphère, mêlant l'expectative et la nervosité, régnait sur la maisonnée.

– Je veux partir…, fit Kim à voix basse, tout en caressant Kija derrière les oreilles. Ce n'est pas ici qu'on démasquera l'incendiaire de Rome.

– On ne peut pas s'en aller ! murmura Léo. Du moins, pas tout de suite : ça éveillerait les soupçons.

Julien soupira :

– Il a raison. Ici, on est protégés de Subrius. Ça m'étonnerait beaucoup qu'il nous ait pardonné d'avoir fouillé sa maison !

– C'est probable…, reconnut Kim. Mais il va bien falloir que nous inversions les rôles :

c'est à nous de traquer Subrius, et non le contraire ! On est venus à Rome pour ça, c'était notre mission…

Julien soupira de nouveau. Le courage de Kim le fascinerait toujours, mais cette fois il n'était pas question d'agir sur un coup de tête.

– Attendons la visite de Néron, trancha-t-il. Peut-être qu'elle nous permettra d'avancer un peu. De plus…

Il ne put finir sa phrase : la panique semblait tout à coup s'être emparée des esclaves.

– Le voilà ! cria quelqu'un. L'empereur est là !

Les enfants se levèrent en sursaut, ne sachant que faire. Julien sentit ses mains devenir moites. Qu'allait-il leur arriver ?

Ils virent un esclave marcher à reculons en lançant des fleurs sur le sol, puis l'empereur fit son entrée, accompagné des maîtres des lieux. Néron était vêtu d'une simple tunique blanche, maculée de plusieurs taches ; il portait des sandales ordinaires et n'arborait ni bague, ni autre bijou. Il ressemblait à un Romain quelconque.

– Prends place, je t'en prie, divin César ! fit Tigellin en désignant l'un des lits.

Mais Néron fit la sourde oreille et fouilla l'atrium du regard, comme un animal flairant le danger. Il observa les trois amis qui, instinctivement, se rapprochèrent les uns des autres. Les yeux sombres de Néron se plissèrent.

– S'agit-il des enfants dont tu m'as parlé ? demanda-t-il.

– Oui ! confirma Tigellin avec un sourire las.

Le souverain hocha la tête :

– *Valde bona*.

Il dévisagea les jeunes gens à tour de rôle pendant quelques secondes. Son visage impassible ne laissait rien transparaître de ses pensées, ni de ses intentions. Il s'installa à table. À peine s'était-il allongé qu'un esclave se précipita et lui tendit un *scyphus*, une coupe incrustée de pierres précieuses.

– Nous avons fait livrer du vin d'Antium pour toi ! annonça Domitia d'une voix obséquieuse. J'espère qu'il te plaira, noble César.

– Du vin d'Antium ? Parfait ! J'aime ce cépage.

Il eut un large sourire :

– Qu'on me serve !

Après s'être désaltéré, Néron expliqua qu'il avait volontairement revêtu de modestes habits, afin de se fondre parmi la foule et ne pas être reconnu. Julien tendit l'oreille : cela expliquait pourquoi il était venu sans garde ni suite.

– Je voulais savoir ce que les gens pensent de moi, continua Néron avant de plonger dans un silence qui en disait long.

– Et alors ? interrogea Tigellin. Après tout ce que tu as fait pour lui, le peuple ne peut que chanter tes louanges. Je suppose qu'il te considère comme son sauveur...

L'empereur éclata de rire :

– Tu plaisantes ! Les gens me haïssent. Ils me tiennent pour responsable de l'incendie. Uniquement parce que ma garde prétorienne n'a pas réussi à mettre la main sur les vrais coupables ! Tu as échoué, Tigellin. Tu n'es qu'un chien servile !

Le trio vit le prétorien pâlir, mais celui-ci n'osa pas répliquer.

– Malgré tout, je suis chez toi ce soir, poursuivit Néron. Je sais qu'ici, au moins, je peux compter sur ton dévouement. Je n'en dirais pas autant de tous les prétoriens. De plus...

L'arrivée d'un esclave l'interrompit. Derrière lui avançait, tête baissée, un homme que Néron semblait connaître. Lorsqu'il leva le menton pour saluer le souverain, les enfants tressaillirent : une grande cicatrice barrait son visage. C'était l'individu qui les avait suivis depuis leur arrivée sur le Forum romanum ! Il était visiblement au service de l'empereur, car il se pencha tout près de lui et lui souffla quelques mots à l'oreille. Concentré, ce dernier l'écouta, puis jeta un regard sombre aux trois amis, qui avaient pris place, eux aussi, sur un lit. Julien déglutit avec peine.

– C'est bon ! lâcha enfin Néron en congédiant son émissaire d'un geste de la main, comme s'il voulait se débarrasser d'une mouche importune.

– De mauvaises nouvelles ? s'enquit Tigellin, dont les traits reflétaient une contrariété exagérée.

– Oui. La trahison et le mensonge ont contaminé toute la ville. On vient de m'apprendre qu'un sénateur a parlé de moi en termes désobligeants. Mais ce n'est pas un problème, je vais le condamner à l'exil. C'est la pire chose qui puisse arriver à un sénateur, pire même que la mort. Mon fidèle serviteur m'a également révélé autre chose, et cela vous concerne !

Il fixa les jeunes gens.

Avec peine, Julien soutint son regard et s'efforça de sourire. Les interrogations virevoltaient dans sa tête. Qu'avait bien pu raconter le balafré à leur sujet ? Ce sénateur dont Néron venait de parler, était-ce Caius Calpurnius Piso ?

– Oh, mais je vois que vous avez un chat ! remarqua soudain l'empereur. Une bien jolie bête, ma foi… Viens par ici !

Il tendit la main vers Kija, mais celle-ci, peu disposée à obéir, fit le gros dos.

– J'ai dit : viens ici ! répéta-t-il d'un ton agressif.

Kim poussa légèrement la chatte, qui avança avec une lenteur provocatrice en direction du souverain. Celui-ci voulut la prendre dans ses bras, mais elle s'esquiva.

– Belle noblesse de caractère ! commenta-t-il.

Il se redressa et tenta de la saisir à deux mains. Kija s'échappa encore, et essaya cette fois de griffer l'empereur.

– Kija, non ! s'écria Kim.

– Maudite bestiole ! rugit Tigellin.

Il se tourna vers un esclave :

– Attrape cette chatte, et tue-la !

– Pas question ! ordonna Néron. Laisse-la tranquille. J'aime les hommes et les animaux qui savent faire preuve de fierté. Cette qualité est si rare de nos jours, n'est-ce pas, Tigellin ?

Gêné, le prétorien fixa le sol, et Kija en profita pour bondir jusqu'aux enfants et se cacher derrière Kim.

Domitia dénoua cette situation embarrassante :

– Le dîner est prêt !

Elle frappa deux fois dans ses mains, et l'on apporta les hors-d'œuvre. L'empereur prit, du bout des doigts, un fromage de chèvre aux olives posé sur un plateau d'argent et le fourra dans sa bouche.

– Pouah ! Quelle horreur ! grogna-t-il en crachant l'olive. C'est affreusement amer !

Épouvanté, Tigellin bondit :

– Je suis désolé, César. Je ne comprends pas ce qui a pu se passer. Dois-je punir le cuisinier ?

Une ombre de sourire se dessina sur les lèvres charnues de Néron :

– Je veux qu'il soit fouetté, ici, dans l'atrium !

Le prétorien écarquilla les yeux, mais se ressaisit immédiatement :

– Bien entendu, si tel est ton désir…

Il claqua des doigts, et un esclave se présenta aussitôt. En quelques mots, son maître le pria d'aller chercher le cuisinier.

Les trois amis échangèrent un regard consterné. Pour un motif tout à fait futile, Néron agissait avec barbarie sans que personne ose s'interposer… C'était impossible, ils devaient rêver ! Kim s'apprêtait à intervenir, lorsque l'empereur ricana :

– Voyons, ce n'était qu'une plaisanterie ! Je suis de bonne humeur aujourd'hui. Mais fais-moi plaisir, Tigellin : congédie ce bon à rien ! Je ne veux plus qu'il fasse souffrir mes papilles lorsque je viendrai dîner chez toi !

Les enfants poussèrent un soupir de soulagement. Après tout, il n'était peut-être pas aussi fou qu'on le disait ; mais sa façon de jouer avec les nerfs des gens dénotait vraiment une grande cruauté.

Le deuxième plat, du muscardin fourré aux pignons et à la viande de porc hachée, sembla lui plaire davantage. Du moins ne s'en plaignit-il pas !

Kim, Léo et Julien ne mangèrent presque rien ; seule Kija, qui avait une faim de loup, se régala des petites douceurs que lui glissait Kim.

Une demi-heure de bavardages sans importance s'écoula, puis le poète se mit à réciter, mais l'empereur ne l'écouta pas. Au bout d'un moment, il le fit taire d'un geste, et se tourna vers les jeunes gens :

– Ainsi donc, vous avez été hébergés par Subrius, l'un de mes gardes personnels ?

Ils acquiescèrent d'un signe.

– Et la nuit dernière vous l'avez suivi alors qu'il se rendait dans le port. Est-ce exact ?

Nouveau hochement de tête.

– Je t'ai déjà tout raconté, intervint Tigellin. Ensuite, ils ont…

– Silence ! le coupa Néron. Je veux me faire ma propre opinion !

Le prétorien serra les dents et se retint de tout commentaire.

Soudain, Julien comprit pourquoi le souverain menait cet interrogatoire : il voulait savoir si l'existence du complot était réelle, et évaluer la menace qu'il représentait pour sa personne.

– Des sénateurs, dont nous ne connaissons pas l'identité, se plaignent de votre manière de gérer leurs charges…

L'empereur renversa la tête en arrière et éclata de rire :

– Les sénateurs sont toujours en train de râler ! Ils jouent les importants, mais la vérité est qu'ils ne le sont pas. Et cette constatation leur pose un réel problème !

Brusquement, l'humeur de Néron changea : sa mine devint sombre et son ton, sérieux :

– Dites-moi, les enfants, quel rôle tient Subrius dans ce petit jeu ? Et quel est celui des chrétiens ?

Une goutte de sueur chatouilla la nuque de Julien avant de glisser doucement le long de sa colonne vertébrale.

– Nous n'avons pas d'informations au sujet

des chrétiens, nous ne pouvons donc rien en dire. Quant à Subrius, il semble être l'ami de ce groupe de sénateurs, mais nous n'en savons pas plus ! fit Julien, évasif.

– Et il a mis le feu à Rome pour me compromettre !

– Non, nous n'avons pas dit ça ! se hâta de préciser Julien. Nous n'avons aucune preuve !

Néron s'esclaffa de nouveau :

– Des preuves ? Depuis quand a-t-on besoin de preuves pour condamner quelqu'un à mort ? Les lions ont faim et, face à une telle conspiration, il n'y a pas de temps à perdre. Rome ne peut pas se le permettre.

Il plongea les mains dans une vasque puis les essuya avec un linge que lui présentait un esclave.

– J'ai l'impression, reprit-il, que vous voulez protéger Subrius et les chrétiens. De quel côté êtes-vous donc ? Soutenez-vous mes opposants et ce peuple ingrat qui veut ma tête ?

Le garçon se sentit mal. Il jeta un coup d'œil implorant à ses amis, mais Léo et Kim gardèrent le silence. Tous trois savaient qu'une réponse maladroite pouvait les conduire dans l'arène.

– Eh bien, par Jupiter ! As-tu perdu ta langue ?

Julien se reprit. Il regarda l'empereur droit dans les yeux :

– Non, nous ne faisons pas partie des conjurés. Mais, par principe, nous n'accusons jamais quelqu'un avant de disposer d'indices irréfutables de sa culpabilité…

Néron parut ébahi :

– « Par principe » ? Quelle belle expression ! Je l'ai peu entendue ces temps-ci !

Il effleura Tigellin du regard, puis ajouta à l'adresse des enfants :

– Votre attitude vous honore. Peu de gens agissent ainsi de nos jours. Les principes, tout comme la fierté, sont devenus des denrées rares !

Il fit une petite pause avant de désigner son assiette en argent vide :

– Il n'y a plus rien à manger ?

– Pardon ! fit le maître de maison en jetant un coup d'œil furieux aux esclaves. Que dirais-tu de goûter quelques savoureux petits gâteaux ?

Les jeunes gens furent très soulagés de la fin des questions, mais ils s'aperçurent rapidement que le répit n'était peut-être que provisoire…

– Il est fort probable que j'aie encore besoin de vous entendre, vous ne bougerez donc pas d'ici, leur enjoignit Néron. Bien sûr, vous pourriez aussi loger au palais, mais je n'ai plus confiance en personne, là-bas. Vous resterez donc chez Tigellin jusqu'à nouvel ordre.

Pendant que l'on servait les pâtisseries, les musiciens et les danseuses firent leur entrée. L'empereur apprécia leur prestation, et, le bon vin aidant, l'atmosphère se détendit.

La soirée était bien entamée lorsque l'empereur se fit apporter une lyre et se mit à chanter. Sa voix tout comme son interprétation étaient médiocres, mais le public fit semblant d'être conquis et applaudit avec zèle.

Vers minuit, il se leva péniblement, déclarant qu'il rentrait au palais.

– Tu ne peux pas traverser la ville tout seul,

c'est beaucoup trop dangereux ! s'écria Tigellin.

– Je suis venu ici sans ma garde. Je repartirai donc sans elle. L'obscurité et mes vêtements modestes me protégeront. Tant que l'on ne me reconnaît pas, je ne risque rien, expliqua-t-il avec une note d'amertume dans la voix.

– Je vais tout de même t'accompagner un bout de chemin, proposa le prétorien.

– Si tu y tiens…, répondit Néron avec indifférence.

Tigellin se fit apporter une torche et sortit le premier, suivi par l'empereur, qui ne prit pas la peine de remercier Domitia. Les deux hommes disparurent dans les jardins Émilienne.

De mauvaise humeur, la maîtresse de maison ordonna aux esclaves de tout nettoyer et de conduire les enfants à l'étage. Les jeunes gens se retirèrent avec soulagement et s'installèrent dans une grande pièce d'une propreté impeccable. Épuisés, Kim et Julien s'écroulèrent sur leurs lits, tandis que Léo inspectait les lieux. Il repéra une porte qui donnait accès au toit-terrasse et fit quelques pas dans la douce nuit.

Il observa à ses pieds le parc, illuminé par le clair de lune.

« Ce sont sûrement les jardins Émilienne, se dit-il en bâillant. Tigellin et Domitia sont richissimes… » Néanmoins, il n'aurait pas voulu échanger sa vie contre la leur. Ils étaient à la merci de Néron. Pour l'instant, le souverain les gardait sous son aile protectrice, mais à tout moment celle-ci pouvait se transformer en une épée qui les transpercerait tous deux. En outre, Léo aurait détesté se faire traiter de « chien servile » !

Il n'alla pas plus loin dans sa réflexion : son regard venait d'être attiré par une scène dans le parc, où les plus hautes branches des arbres se fondaient dans la nuit. Ce qu'il vit déclencha en lui un vent de panique.

13. Une piste brûlante

Léo se précipita dans la chambre :

– Au feu ! Les jardins brûlent !

Abasourdis, Kim et Julien le fixèrent, les yeux ronds.

– Ce cauchemar ne finira donc jamais..., gémit Julien en se levant.

Le trio sortit sur le toit-terrasse. Vu d'en haut, l'incendie ressemblait à un ruban jaune et rouge qui se déroulait à vive allure, comme s'il était vivant. Léo humecta son index et le dressa en l'air.

– On a de la chance : le vent éloigne les flammes de la maison, constata-t-il.

Ces paroles ne semblèrent pas rassurer Kija,

blottie contre Kim. La jeune fille l'entoura de son bras et sentit le cœur de la chatte battre la chamade. Il n'y avait aucun doute : elle avait peur…

– Vite, il faut prévenir Tigellin et les autres ! s'exclama Léo.

Arrivés au rez-de-chaussée, ils constatèrent que l'alerte avait déjà été donnée. Le prétorien gesticulait dans tous les sens, en abreuvant ses esclaves d'ordres et de cris. Sa femme se tenait juste derrière lui, observant la scène avec fébrilité.

– Rassemblez les chevaux, emmenez-les dans l'écurie de mon frère ! hurla Tigellin. Ensuite, vous…

– Tu as l'intention d'abandonner la villa ? le coupa Domitia.

– Mais non ! Je veux juste mettre à l'abri

nos biens les plus précieux. Les jardins sont dévorés par les flammes, ne courons pas le risque de subir d'autres pertes aussi cruelles !

Son épouse fit la grimace :

– Tu devrais plutôt commander aux esclaves de lutter contre le feu avant qu'il soit à notre porte ! Il sera toujours temps d'envisager la fuite en ultime recours...

Tigellin la fusilla du regard :

– Cesse de me dire ce que je dois faire ! Je te rappelle que c'est moi le *pater familias*. Contente-toi d'obéir !

La Romaine lui jeta un coup d'œil méprisant. Elle réprimait à grand-peine une envie de répliquer, mais elle se tut.

Tigellin multiplia les instructions aux domestiques, et la villa fut bientôt une ruche bourdonnante. Tous chargeaient les divers objets de la maison dans des chariots afin de les préserver.

– On dirait que le danger s'éloigne..., lança Kim avec prudence.

– C'est possible, répliqua Tigellin. Mais le vent peut tourner, et je ne veux prendre aucun risque.

Kim hocha la tête et demanda :
– Néron est-il en sécurité ?
– Je n'en sais rien, par Jupiter ! Je prie les dieux pour qu'il ait été épargné. Je l'ai accompagné jusqu'à la rue principale, mais après il a voulu continuer seul.
– L'incendie s'était-il déjà déclaré quand tu es rentré ?
– Non. Par contre, je sais qui sont les coupables !
Mal à l'aise, les enfants fixèrent Tigellin. Ils se doutaient de ce qu'il allait leur annoncer.
– Ce sont les chrétiens ! grinça le préfet du prétoire, dans un souffle haineux. Ils ont enflammé mon parc pour se venger des arrestations que j'ai ordonnées après la catastrophe. Mais cette demeure résistera, et ma famille aussi ! Ma revanche sera terrible... Je vous promets que ces chiens regretteront leur crime !
Au même instant, un esclave fit irruption dans la pièce.
– Maître ! hurla-t-il, éperdu. Le feu... Il se dirige vers nous ! Il a déjà atteint les arbres fruitiers !

– Comment ? s'étrangla le prétorien.

Il se précipita à la fenêtre, le trio sur les talons.

Ce que tous redoutaient s'était produit : le vent avait tourné et poussait vers la villa un mur de flammes de trois mètres de haut.

– De… de l'eau ! bredouilla Tigellin. Il nous faut de l'eau ! Tous aux fontaines, faites une chaîne, vite ! Nous devons sauver cette maison…

Domitia, qui, au cours des dernières minutes, s'était abstenue de tout commentaire sortit de son silence et se mit, elle aussi, à donner des ordres. Son intervention venait à point nommé, car les esclaves semblaient peu disposés à se démener pour leur maître. D'une part, ils avaient peur pour leur vie et, d'autre part, cette magnifique propriété ne leur appartenait pas. En d'autres termes : ce n'était pas leurs propres richesses qui étaient menacées !

Ce peu d'empressement déplut beaucoup à Domitia.

– Dépêchez-vous ! commanda-t-elle à deux esclaves. Sinon, je vous fais fouetter sur-le-champ !

Tigellin demanda aux trois amis de rester à l'écart. Il redoutait visiblement qu'il arrive malheur à ses précieux témoins, et les enfants furent cantonnés à l'arrière.

Une chaîne humaine s'était formée devant la maison. On arrosait la façade, afin de la protéger des gerbes d'étincelles. Un deuxième groupe abattait les arbres les plus proches, tandis que d'autres esclaves, sur l'injonction de leur maître, avaient commencé à creuser une tranchée devant l'édifice.

Pendant ce temps, le feu continuait d'avancer, comme une vague brûlante détruisant tout sur son passage. Qui pourrait l'arrêter ? En quelques secondes, des arbres centenaires se transformaient en torche. Des buissons exotiques et des haies taillées avec art étaient réduits en cendres. Bientôt, les fameux jardins Émilienne ne seraient plus qu'un souvenir…

Les flammes et les hommes se faisaient face, comme deux clans ennemis. Mais la partie était inégale : l'assaillant se jetait dans la bataille avec rage, tandis que le défenseur tremblait de peur. Tigellin et Domitia ne toléraient aucun relâchement parmi leurs esclaves, et les dirigeaient d'une main de fer.

– Le premier qui s'enfuit est un homme mort ! lâcha froidement la maîtresse de maison.

L'épée qu'elle brandissait donnait du poids à sa menace.

« Et celui qui reste est un homme mort aussi ! » pensa Julien, posté aux côtés de Kim et Léo, devant la porte donnant sur le jardin. Il fit un signe à ses amis et recula discrètement d'un pas. Le couple romain, fort occupé, ne vit pas que les enfants avaient disparu dans la villa.

– Qu'est-ce que tu veux faire ? demanda Kim.

– Ils ne réussiront pas à éteindre le brasier, déclara Julien. Tout va brûler, c'est sûr.

– On peut courir jusqu'au Forum et rentrer chez nous. C'est le moment ou jamais, fit Léo. Mais ce sera la première fois que l'on n'aura pas réussi à résoudre une énigme…

– N'est-ce pas embêtant de partir ainsi ? interrogea Julien.

– Si…, répondit aussitôt Kim. Il y a quelque chose qui me trotte dans la tête depuis tout à l'heure : Tigellin a accompagné Néron un moment sur le chemin du palais, n'est-ce pas ?

– Oui, et alors ?

– Ils ont traversé le parc, continua la jeune fille. Et, un peu plus tard, Tigellin est rentré.

– On sait tout ça. Où veux-tu en venir ?

Kim sourit :

– Vous vous rappelez peut-être que j'ai demandé à Tigellin si le feu avait déjà pris quand il a rebroussé chemin. Sa réponse a été négative. Eh bien, ce n'est pas possible !

– Tu as raison, enchérit Julien. Tigellin est forcément passé par les jardins pour rejoindre la maison. Il aurait dû voir les flammes !

– Et voilà ! s'exclama Kim, triomphante. Tigellin ment. Mais pour quelle raison ?

– Imaginons qu'il ait mis le feu lui-même, dans le but de faire peser les soupçons sur les chrétiens, réfléchit Léo à haute voix. Dans ce cas, le propriétaire de la ceinture à laquelle manque la boucle ornée d'une lyre n'est peut-être pas celui que nous croyions !

Julien secoua la tête :

– Non, l'incendiaire ne doit pas être Tigellin,

le mobile ne tient pas. De plus, je n'arrive pas à concevoir qu'il ait sacrifié ses propres biens…

– Tout est envisageable…, fit Kim. Mais une chose est sûre : cet homme a menti. On pourrait…

Elle ne put finir sa phrase : Kija poussa un miaulement autoritaire qui attira aussitôt l'attention des trois enfants. Elle voulait leur montrer quelque chose. De fait, elle fila vers l'atrium.

– Allons-y, les garçons ! s'écria Kim avec enthousiasme. Ils sont tous dehors, occupés à lutter contre l'incendie. Personne ne remarquera notre petite escapade.

Kija traversa l'atrium sans s'arrêter, emprunta un couloir qui desservait plusieurs pièces et s'immobilisa dans la cuisine.

– Qu'est-ce que tu cherches ici ? s'étonna Kim, stupéfaite. Ne me dis pas que tu nous as conduits ici parce que tu as faim !

Mais la chatte avait autre chose en tête. Elle passa devant le foyer, encore tiède, sauta sur un rebord de fenêtre, s'assit, et regarda dehors en miaulant doucement.

Le trio se précipita et découvrit une arrière-cour, où étaient entreposées des ordures. Kija bondit alors de l'autre côté, se frotta contre un tas de déchets et miaula de nouveau. Les enfants s'approchèrent.

Kim s'agenouilla et entreprit d'inspecter la montagne d'immondices.

– J'espère que ça en vaut la peine, fit-elle, la mine dégoûtée. Fouiller dans les poubelles, ce n'est vraiment pas mon truc !

Tout à coup, ses doigts palpèrent un morceau de tissu, dans lequel était emballé quelque chose de souple et fin. Kim sortit l'objet et le dirigea vers la lune.

– Oh, mon Dieu ! murmura-t-elle.

Elle tenait dans sa main une ceinture dont la boucle manquait.

14. Le plan

– Donne-moi la boucle ! souffla Kim en se tournant vers Julien.

Le garçon était si fébrile qu'il faillit la laisser tomber. Kim l'emboîta dans la ceinture pour s'assurer qu'il s'agissait bien de la pièce manquante. Léo et Julien retinrent leur souffle.

– Il n'y a plus aucun doute…, constata enfin la jeune fille.

– Mais… mais alors… l'incendiaire… c'est Tigellin ! bredouilla Julien. Pourquoi a-t-il fait cela ?

– Je vais me faire un plaisir de vous l'expliquer, sales petits fouineurs ! grinça une voix derrière eux.

Ils se retournèrent et découvrirent Tigellin, son épée à la main. Domitia apparut à son tour, armée elle aussi.

– Surpris de nous voir ? s'exclama le prétorien d'un ton moqueur. Ma parole, vous êtes plus stupides que je ne pensais ! Avez-vous vraiment cru que nous allions vous laisser retourner toute la maison, comme vous l'avez fait chez cet imbécile de Subrius ?

Les enfants ne répondirent pas ; Kija, elle, feula.

– Qu'est-ce que tu tiens ? demanda le prétorien en se tournant vers Kim.

Elle lui tendit la boucle.

– Oh ! s'écria-t-il. Je l'ai cherchée partout ! J'ai dû l'égarer le soir où l'incendie s'est déclaré !

– Exact, confirma Kim froidement. Tu l'as perdue quand tu as allumé le feu ! Nous l'avons retrouvée sur le lieu de ton crime.

Le rire clair de Domitia résonna dans la cour :

– Comme c'est intéressant ! Par chance, le vent a changé de sens et éloigne à présent les flammes de la maison. Nous avons donc un peu de temps à vous consacrer, avant de décider de votre châtiment.

Un frisson glacé parcourut les épaules de Julien.

– Très juste, approuva son mari. J'aimerais tout d'abord savoir comment vous en êtes venus à me soupçonner.

Kim lui répondit, puis posa la question qui lui brûlait les lèvres :

– Pourquoi avoir mis le feu à Rome ?

Tigellin fixa sa femme. Elle hocha la tête et déclara :

– Dis-le-lui !

– Cette ville était tombée bien bas, lâcha le préfet du prétoire, dédaigneux. Elle était sale et peuplée de fainéants, de malades et de miséreux !

– C'est vrai ! Les flammes ont englouti tout ce que nous méprisions, enchérit Domitia. Le temps du renouveau a sonné, et c'est nous qui en serons les artisans. Les terrains carbonisés n'ont désormais plus aucune valeur ; eh bien, nous les rachèterons ! N'oubliez pas que mon père est le plus grand entrepreneur de travaux de Rome. Puis nous reconstruirons la ville, pour le compte de Néron. Les quartiers miteux disparaîtront et laisseront place à de nouveaux thermes élégants et à d'éblouissants palais ! Grâce à nous, Rome rayonnera... Et nous deviendrons très riches !

– Il n'y aura pas de place pour les pauvres gens dans ce projet ambitieux, remarqua Léo, sarcastique.

– Non ! confirma Tigellin. La populace s'en ira, si toutefois le sinistre ne l'a pas entièrement exterminée.

– Vous n'êtes que des spéculateurs sans scrupules ! fit Kim. Vous tirez profit du feu et de la mort. Vous êtes des pyromanes, des assassins !

Le prétorien sourit avec indulgence :

– Comme tu y vas, par Jupiter ! Alors que nous allons créer un chef-d'œuvre inégalé dans l'histoire...

Kim eut envie de se boucher les oreilles, ce discours la rendait littéralement malade.

Perdu dans son rêve éveillé, Tigellin se tourna vers sa femme :

– Et si nous montrions à nos invités les plans des nouvelles constructions ? Cela les aidera à comprendre pourquoi tout cela était indispensable…

Domitia accepta, et le petit groupe rentra. La chatte se serrait contre Kim, comme pour lui servir de garde du corps.

– Ils sont cinglés ! murmura Léo à l'oreille de Julien. La maison risque de brûler et eux, ils vont tranquillement sortir leurs papiers !

Julien hocha la tête.

Peu après, ils atteignirent un spacieux bureau éclairé par quelques lampes à huile, où trônait un grand pupitre sur lequel étaient posés des plumes en roseau, un pot d'encre, et des tablettes recouvertes de cire, sur lesquelles on gravait à l'aide d'un stylet. Domitia sortit un rouleau de *papyrus* d'une corbeille et l'étendit sur la table de travail, tandis que son époux tenait les trois amis sous la menace de son épée. Elle s'empara d'une lampe, et la lumière dévoila une carte de la ville. Domitia désigna deux emplacements sur les rives du Tibre.

– Ici, nous construirons un théâtre et, là, des thermes, fit-elle fièrement.

Elle prit un autre croquis dans la corbeille : le plan d'une construction nécessitant visiblement un gros budget.

– Oui, il y aura un théâtre ! confirma Tigellin. Cela plaira à Néron. Il aime la musique et l'art dramatique ! Peut-être pourrai-je lui écrire une pièce dont le sujet sera l'incendie de Rome !

– Excellente idée…, approuva Domitia. Mais n'oublie pas d'en nommer les acteurs : les chrétiens !

Le prétorien éclata de rire :

– Ne t'inquiète pas, ma chérie, j'y penserai !

Il fut impossible à Kim de se contenir plus longtemps :

– Les chrétiens, comme par hasard ! Eux non plus ne seront pas les bienvenus dans votre nouvelle Rome !

– Évidemment, confirma Tigellin froidement. Nous ne voulons pas prendre le risque que leur foi en un seul dieu fasse un jour

concurrence à nos divinités. Mais reconnaissons-leur tout de même une certaine utilité : nous pourrons mettre la catastrophe sur le dos de ces illuminés ! Personne ne les aime, on les croit capables du pire !

– Tu as mis le feu au parc pour faire accuser les chrétiens et éloigner les soupçons de ta personne..., comprit tout à coup Julien.

– Bien vu ! fit Tigellin, narquois. Qui serait assez fou pour brûler son propre jardin ?

– Ton stratagème n'était pas parfait : les flammes ont failli dévorer ta villa ! remarqua Kim.

Le dignitaire fit la grimace :

– C'est vrai, mais, quand j'ai allumé le brasier, le vent était à l'est, et soufflait dans la direction opposée. Malheureusement, il a tourné par la suite. Enfin, tout est rentré dans l'ordre, à présent.

– Comment oses-tu dire une chose pareille ? s'emporta Kim. Cette tragédie va coûter la vie à des centaines de gens, et toi, tu prétends que tout est rentré dans l'ordre ! Tu n'es qu'un lâche et un meurtrier !

Le sourire complaisant s'effaça du visage du prétorien. Il devint très pâle et ses doigts se crispèrent sur son épée.

– Ça suffit maintenant, rugit-il. Assez bavardé…

15. Sauve qui peut !

– Ligotons tout ce petit monde, puis enfermons-le dans la cave à vin. Va chercher une corde, Domitia ! ordonna Tigellin.

La jeune femme disparut et revint peu après.

– Installez-vous devant le pupitre, les mains dans le dos, commanda le prétorien aux enfants.

Soudain, il éclata de rire :

– Et si on les accusait ? Ils pourraient avoir allumé le feu sur les ordres de Subrius ou des sénateurs ! Qu'en dis-tu, Domitia ?

– Brillante idée ! s'enthousiasma son épouse.

Glacée d'effroi, Kim eut l'impression que ces terribles paroles arrivaient à elle assourdies : si on les désignait comme responsables de la catastrophe, ils seraient jetés en prison et condamnés à mort ! La jeune fille entendit un petit miaulement angoissé à ses pieds : Kija aussi sentait le danger.

– Les mains dans le dos ! répéta Tigellin.

« Pas question de me laisser piéger par ces deux fous ! pensa Kim. Je dois me défendre ! »

– Tu as entendu ce que j'ai dit ? tonna le prétorien.

Kim balaya la pièce du regard. Et si elle courait jusqu'à la porte et tentait de disparaître ? Non, inutile d'essayer : elle serait maîtrisée par Tigellin ou Domitia avant même d'avoir atteint la poignée. Il fallait trouver autre chose... Exaspéré de ne pas être obéi, le préfet du prétoire lui donna un coup qui la fit trébucher. Elle chancela et tomba sur le pupitre, le nez contre les croquis de la future Rome, ce paradis d'où les pauvres seraient bannis. Tout à coup, elle comprit comment échapper à leurs ennemis : elle attrapa la lampe en terre cuite et la fit tomber sur la table. L'objet se brisa et enflamma instantanément les documents.

– As-tu perdu la raison ? s'écria Tigellin en se précipitant.

Il poussa la jeune fille sur le côté, jeta les feuilles à terre et tenta de les éteindre. Domitia accourut à son tour, mais elle se brûla la plante des pieds et poussa un cri de colère. Le feu dévora le papyrus et progressa rapidement, envahissant la pièce d'une épaisse fumée.

– Va chercher de l'eau ! commanda Tigellin.

– Et les enfants ? Il faut les enfermer, voyons ! brailla Domitia. C'est plus important que de sauver les plans !

Elle n'eut pas le temps de mettre sa menace à exécution : Kija bondit sur elle en poussant un miaulement déchirant. La patricienne chancela, recula de quelques pas, se cogna violemment la tête contre la porte restée ouverte, puis s'écroula sur le sol, évanouie.

– Vous allez me le payer ! hurla son époux.

Il laissa ses précieux écrits se consumer et se jeta sur les enfants ; mais, avant qu'il ait eu le temps d'attraper Kim, Léo le frappa avec un tabouret. Le prétorien frotta son bras douloureux, et la jeune fille mit à profit cette seconde d'inattention pour lui décocher un habile coup de pied qui le fit trébucher au beau milieu du brasier. Le bas de sa tunique s'embrasa, et l'homme s'agita en tous sens pour étouffer le feu.

– Vite, filons ! s'écria Kim en enjambant Domitia, toujours inanimée.

Tigellin, qui venait d'éteindre les dernières flammèches dévorant son vêtement, porta sa femme hors de la pièce enfumée et appela à l'aide. Des esclaves apparurent. D'eux d'entre eux s'occupèrent de Domitia ; les autres s'élancèrent au côté de leur maître à la poursuite des trois amis, qui avaient déjà traversé l'atrium et atteint la porte d'entrée. Les chariots qui contenaient les objets sauvés par les domestiques étaient garés devant la maison.

Kim n'hésita pas une seconde : elle bondit dans l'un d'eux.

– On ira plus vite comme ça ! déclara-t-elle.

– Ça m'étonnerait, gémit Julien. C'est un bœuf qui est attelé à cet engin, pas un pur-sang !

Néanmoins, il s'installa à ses côtés avec Léo et Kija.

– Hue ! cria Kim, en cherchant désespérément les rênes.

L'animal ne bougea pas d'un millimètre.

– Je crois que ce n'était pas une bonne idée…, gémit Léo.

Il jeta un coup d'œil derrière son épaule : leurs poursuivants allaient les rejoindre d'un instant à l'autre ; Tigellin s'était emparé d'une courte lance, un *pilum*.

Kija vint alors à leur rescousse : elle sauta sur le bœuf et planta ses griffes acérées dans la partie la plus charnue de son arrière-train. Le colosse meugla, fit un bond en avant et démarra en trombe juste au moment où le prétorien arrivait.

– Quelqu'un sait conduire un chariot ? cria Kim.

– Non ! hurla Léo.

Julien, cramponné de toutes ses forces à une caisse qui contenait de petites amphores, secoua la tête.

À un train d'enfer, ils dévalèrent en cahotant une rue sommairement pavée. Personne, à part peut-être le bœuf, ne savait quel était le but de cette course folle. Après avoir parcouru environ deux cents mètres, ils débouchèrent dans une ruelle vide.

– Tigellin et ses hommes ont pris des chevaux ! Ils sont derrière nous ! s'écria Léo en se retournant de nouveau. Ils nous rattrapent !

– Attends ! répliqua Julien. On finira bien par…

Il fut interrompu par un terrible craquement : l'une des roues avait violemment heurté un nid-de-poule, faisant déraper la charrette. Celle-ci racla un mur, dans un jet de copeaux de bois. Une caisse tomba, des amphores se brisèrent, et des effluves sucrés de vin se répandirent.

Au-dessus de leurs têtes, une voix cria à la fenêtre :

– Ce n'est pas bientôt fini, ce vacarme, par Bacchus ! On ne peut pas dormir tranquille dans cette ville ?

La plainte se perdit dans l'indifférence générale.

Le chariot commença à ralentir, et les cavaliers s'en approchèrent dangereusement. Julien attrapa l'une des amphores encore intacte, et la jeta sur le poursuivant le plus proche, qui n'était autre que Tigellin. Le prétorien se baissa promptement, mais l'un des cavaliers de sa suite n'eut pas d'aussi bons réflexes : le projectile l'atteignit en pleine poitrine et le désarçonna.

– Un à zéro pour nous ! commenta Julien.

À sa grande satisfaction, il constata que Léo et Kim avaient suivi son exemple et bombardaient les cavaliers avec tous les objets à portée de leurs mains. Deux hommes chutèrent de cheval. Pour ne pas être touché, Tigellin laissa davantage de distance entre eux, sans toutefois renoncer.

– Il ne nous lâchera jamais ! s'écria Kim. Il veut à tout prix nous éliminer : nous sommes des témoins bien trop dangereux pour lui !

– Oui, confirma Julien. Mais je crains que notre bœuf soit au bout du rouleau ! Il faut qu'on retourne à la statue de Néron sur le Forum, c'est notre seule chance d'en réchapper !

L'énorme bovin ralentit encore, et finit par s'arrêter en soufflant bruyamment. La carriole, immobilisée en pleine rue, bloquait le passage. Les enfants bondirent, tandis que des sabots martelaient le sol derrière eux. Un cri de guerre retentit et une lance vola dans leur direction. Elle les manqua de peu et se ficha en vibrant dans le chariot.

– Sauve qui peut ! hurla Kim.

Elle prit ses jambes à son cou.

– Ne bougez plus ! tonna Tigellin. Vous êtes cernés !

Il se laissa glisser de cheval et sortit son épée. Deux esclaves ayant échappé à la pluie d'amphores lui emboîtèrent le pas.

Les trois amis continuèrent cependant à courir dans la ville endormie. Où étaient-ils ? Et, surtout, où pouvait bien se trouver le Forum romanum ?

À cet instant, Kija doubla Kim et partit en éclaireur. Elle passa sous l'*aqueduc* de Néron et bifurqua dans une large avenue où, avant l'incendie, se trouvaient les boutiques des joailliers. Les poursuivants des enfants ne lâchaient pas prise. Soudain, une grande place apparut. Le marbre de ses bâtiments brillait au clair de lune : ils étaient arrivés au Forum !

– Oh, Kija, tu es vraiment la meilleure ! s'écria Kim, hors d'haleine.

– La statue, vite ! cria Léo.

Son pied buta contre une dalle mal ajustée et il perdit l'équilibre. Son genou droit heurta violemment le sol. La douleur faillit lui faire perdre connaissance.

Kim lui prit le bras :

– Relève-toi !

– Vous allez avoir affaire à moi, je vous le dis ! menaça Tigellin derrière eux.

Les enfants ayant stoppé leur course, il s'approchait sans hâte, entouré de ses hommes.

– Cette fois, c'est la fin… Votre fin !

Léo réussit avec peine à se mettre debout et sentit une inquiétante pulsation battre dans son genou : plus question de piquer un sprint. Il jeta un regard par-dessus son épaule et un frisson lui secoua le dos. L'incendiaire de Rome, l'assassin au nombre incalculable de victimes sur la conscience, allait les capturer d'un instant à l'autre. Et il n'hésiterait pas à les tuer, c'était certain.

Kim et Julien unirent leurs forces pour soutenir Léo.

– Courage, on y est presque. La statue est juste là…, murmura Kim.

Clopin-clopant, les trois enfants atteignirent le monument. Puis, sous les yeux ébahis du prétorien et de ses hommes, ils s'infiltrèrent dans le marbre dur, et disparurent à l'intérieur de la sculpture à l'effigie de Néron, l'empereur qui, à jamais, resterait le principal suspect de l'incendie de Rome.

16. Rêveur

Deux jours après leur retour, Léo, Julien et Kim se retrouvèrent en cours d'histoire. Le soleil éclatant et le ciel limpide, d'un bleu lumineux, étaient comme des aimants attirant irrésistiblement Léo. Tout à coup, il se souvint de la fumée étouffante qui enveloppait Rome après l'incendie dévastateur.

Qu'étaient devenus Tertius et sa famille ? Et Subrius ? Il regrettait de n'avoir pu trouver aucun écrit à leur sujet. Mais pas un seul document historique ne s'était intéressé au destin d'un modeste ouvrier, ni à celui d'un simple membre de la garde prétorienne. Par contre, le sort terrible de Caius Calpurnius Piso était connu : il avait été poussé au suicide par Néron. Tigellin, l'incendiaire de Rome, semblait, lui, s'en être tiré à bon compte ; du moins, il n'avait jamais été dénoncé. Cette pensée mettait Léo hors de lui. Certes, les détectives du temps l'avaient démasqué, mais Tigellin avait échappé au châtiment et…

– Alors, Léo, qu'en penses-tu ? demanda soudain la voix de Tebelmann.

Le garçon s'extirpa de sa bulle. Comme au cours précédent, il n'avait pas écouté la question.

– Oh, Léo ! soupira le professeur. Tu n'es vraiment pas concentré ces derniers temps… Cesse donc de bayer aux corneilles ! Au cas où cela t'aurait échappé, nous parlons aujourd'hui de Néron et du brasier qui dévasta Rome sous son règne. C'est bien toi, la dernière fois, qui nous l'as cité comme étant l'incendiaire ?

– Oui, je l'ai dit, confirma Léo en tremblant. Mais je me suis trompé. Ce n'est pas lui qui a mis le feu à la Ville éternelle.

Tebelmann haussa un sourcil :

– D'où te vient cette certitude absolue ?

Le garçon sourit de façon énigmatique :

– J'étais là quand l'incendie s'est déclaré !

Léo savait qu'il ne risquait rien à oser une telle sortie : Tebelmann était le genre de professeur capable de comprendre un élève à l'imagination débordante…

Toute la classe éclata de rire, à l'exception de Kim et de Julien, qui se contentèrent d'un petit clin d'œil complice à leur ami.

Qui était Néron ?

Néron est sans aucun doute l'un des empereurs romains les plus célèbres. Mais sa renommée est sulfureuse : pour beaucoup, c'est un incendiaire dément, qui a des milliers de victimes sur la conscience.

L'impopularité de Néron, le tyran fou, doit beaucoup au livre *Quo vadis* et à sa version cinématographique, réalisée en 1951. On y présente un monstre, doublé d'un musicien, chanteur ridicule et imbu de lui-même.

La mauvaise image de l'empereur est née des écrits de deux de ses contemporains : Suétone et Tacite. Quel crédit peut-on accorder à ces sources ? Suétone a la réputation d'avoir recueilli et publié des histoires à scandale : a-t-il retranscrit la vérité ou colporté des ragots ? Tacite, quant à lui, siégeait au sénat, parmi les opposants politiques de Néron. Autrement dit : peut-on considérer ses récits comme objectifs ? Ne sont-ils pas plutôt des pamphlets dirigés contre un souverain haï ? La plupart des historiens modernes mettent sérieusement en doute leurs témoignages. Massimo Fini, journaliste et écrivain, pense que Néron aurait dû être réhabilité depuis longtemps. Dans son livre *Néron, deux mille ans de calomnie*, il dépeint l'homme comme un chef d'État important, artiste et pacifiste, à qui l'on ne peut faire endosser la responsabilité de l'incendie. Selon lui, le souverain n'avait aucune raison de mettre le feu à Rome. En effet, il était considéré comme une sorte de dieu protecteur du peuple, responsable des événements heureux, mais aussi des drames touchant ses sujets. Il savait qu'une telle catastrophe aurait des conséquences désastreuses pour son image.

Néron est l'une des figures de l'histoire les plus souvent évoquées, la plupart du temps à grand renfort de spéculations fantaisistes et d'affabulations. Néanmoins, plusieurs épisodes de sa vie sont avérés :

Néron, dont le titre complet était Nero Claudius Caesar Augustus Germanicus, fut le cinquième empereur de Rome, et régna de 54 à 68 ap. J.-C. Il naquit le 15 décembre de l'an 37, à Antium, sous le nom de Lucius Domitius Ahenobarbus. Il était le fils unique du sénateur Gnaeus Domitius Ahenobarbus et d'Agrippine la Jeune, sœur de l'empereur Caligula. Son père mourut rapidement, et sa mère se remaria avec l'empereur Claude. Agrippine était animée par une ambition féroce, et voulait le pouvoir pour son fils. La première étape de son plan fut de persuader Claude de fiancer Octavie, sa fille de dix ans, à Néron, âgé lui-même de douze ans. Puis elle convainquit l'empereur d'adopter le jeune garçon, prétextant qu'il lui fallait un héritier, car la santé fragile de son propre fils Britannicus serait un obstacle à son accession au trône. Il fallait enfin que Claude laissât sa place. Ce fut chose faite le 13 octobre 54, jour où l'empereur mourut empoisonné. On soupçonna Agrippine d'être responsable de cet assassinat. Le lendemain, Néron accéda au trône : il avait dix-sept ans.

L'empereur prit rapidement de l'assurance. Il s'engagea dans d'ambitieux projets de construction, tandis que ses talents de poète et de chanteur faisaient couler beaucoup d'encre. Il fut cependant en conflit permanent avec le sénat, dont il se moquait ouvertement et qu'il réprimandait sans cesse.

Une fois sur le trône, il se lassa vite de son envahissante mère et l'éloigna du pouvoir. Elle se vengea en chantant les louanges du jeune Britannicus, qui n'était plus le garçon souffreteux de son enfance, mais un charmant et intelligent jeune homme de treize ans. Néron ne tarda pas à sentir la menace qu'il représentait. Britannicus mourut au cours d'un banquet : son vin était empoisonné. On attribua la responsabilité de ce meurtre à l'empereur.

Le décès de Britannicus fut un coup dur pour Agrippine, mais elle ne baissa pas les bras et trouva une nouvelle alliée en Octavie, l'épouse délaissée de Néron. L'empereur savait que sa mère n'hésiterait pas à se débarrasser de lui ; en mars de l'an 59, après quatre tentatives ratées, il la fit assassiner.

Il se sépara d'Octavie en 62 pour épouser sa bien-aimée Poppée Sabina. Leur fille, Claudia Augusta, mourut en 63, âgée seulement de quatre mois. Néron, désespéré, se consacra de plus en plus au théâtre et à la musique.

Dans la nuit du 18 juillet 64, le grand incendie de Rome débuta dans les environs du Grand Cirque (Circus maximus), où les boutiques et échoppes, construites en matériaux facilement inflammables, furent vite dévorées par le brasier. Le vent se leva et empêcha les secours de l'éteindre. Seuls quatre des quatorze quartiers de la ville furent épargnés ; trois furent réduits en cendres. Rome brûla pendant six jours ; le feu, provisoirement maîtrisé, reprit durant trois jours. Ce deuxième embrasement partit des jardins Émilienne, propriété de Tigellin, le préfet du prétoire.

On est à peu près certain que Néron se trouvait à Antium, à une soixantaine de kilomètres de Rome, quand la catastrophe se déclara. Le peuple lui tint rigueur de sa lenteur à regagner la capitale en flammes.

Dès son retour, l'empereur déploya beaucoup d'énergie pour organiser les opérations de secours : il ouvrit ses jardins, fit ériger des tentes et apporter des vivres pour les sans-abri. Mais en vain : d'insistantes rumeurs se répandirent, prétendant qu'il avait mis le feu à Rome, afin de se servir du brasier comme d'un décor pour l'une de ses pièces de théâtre.

Dans le même temps, la révolte se mit à gronder au sein du sénat et de la garde prétorienne. Le sénateur Caius Calpurnius Piso soupçonnait Néron d'être l'incendiaire. Il méprisait son style de vie tapageur, et le jugeait tout à fait capable d'accomplir un acte aussi insensé. En 65, il fut à l'origine d'un complot, que l'histoire retint sous le nom de « conspiration de Pison », dont le but était d'assassiner Néron. Les conjurés, parmi lesquels se trouvaient des officiers prétoriens de haut rang, tel Subrius Flavius, manquèrent tant de discrétion qu'ils furent vite démasqués. Piso fut contraint à se suicider ; vingt personnes furent condamnées à mort, treize, bannies.

Pour mettre un terme aux bruits fusant de toutes parts, et la plèbe ayant besoin de coupables, Néron et ses fidèles désignèrent les chrétiens, proches des milieux juifs, comme les incendiaires de Rome. Ils espéraient retourner la vindicte populaire contre cette minorité religieuse, qui n'était pas aimée des classes dominantes, mais avait gagné peu à peu la sympathie des plus modestes et représentait donc un danger pour l'ordre établi. Les chrétiens furent persécutés avec une cruauté inimaginable et moururent par milliers, brûlés, crucifiés ou dévorés par des bêtes féroces dans l'arène.

Après le massacre des chrétiens, Néron se consacra à la reconstruction de la ville, faisant appel à de nombreux architectes pour mettre en œuvre de fastueux plans qui lui valurent, par ailleurs, beaucoup de critiques. On évoqua également, à cette occasion, des opérations de spéculation sur plusieurs terrains. Tigellin, le plus proche de tous les conseillers, nourrissait d'importants projets immobiliers pour lesquels il avait besoin d'espace, et les soupçons peuvent donc légitimement se porter sur lui…

Les historiens d'aujourd'hui reconnaissent que les travaux furent réalisés avec grand soin. L'empereur se consacra à l'édification de son nouveau et somptueux palais : la Maison dorée. Dans le vestibule fut érigée une œuvre d'art unique : une statue colossale de trente-cinq mètres de haut le représentant.

Néron ne devait pas voir la fin de cet immense chantier. En 68, Galba, âgé de soixante-treize ans, gouverneur de la province d'Hispanie tarraconnaise, prit la tête de la révolte. Profitant du séjour en Grèce de l'empereur, il trouva des appuis auprès des ennemis jurés du souverain, les sénateurs, qui le condamnèrent à mort et désignèrent Galba comme son successeur. Néron, revenu à Rome, tenta de prendre la fuite pour échapper à la sentence, mais fut trahi par sa garde prétorienne. Le 9 juin 68, âgé de trente et un ans, il se suicida en s'ouvrant la gorge. On prétend que ses derniers mots furent : « *Qualis artifex pereo !* » (« Quel artiste périt avec moi ! »)

Glossaire

Amphithéâtre : théâtre à ciel ouvert de forme circulaire, lui valant la désignation de « théâtre arrondi », destiné aux combats de gladiateurs et jeux du cirque.

Amphore : grand vase en argile servant à conserver le vin ou l'huile.

Antium : station balnéaire, appelée aujourd'hui Anzio, située à une soixantaine de kilomètres au sud de Rome.

Aqueduc : conduite d'eau romaine.

Arène : espace réservé au combat au centre de l'amphithéâtre.

Atrium : cour intérieure d'une maison romaine.

Ave : Salut !

Bacchus : dieu romain du vin.

Basilique Julienne : bâtiment servant de tribunal, situé sur le *Forum romanum*.

Caupona : auberge.

Cena : dîner. C'était le repas principal des Romains.

Centurion : officier romain, qui dirigeait entre quatre-vingts et cent soldats.

Circus maximus : plus grand cirque de la Rome antique. Ses premiers spectacles eurent lieu dès l'an 500 av. J.-C. Sa capacité d'accueil oscillait entre 200 000 et 375 000 personnes. Le *Circus maximus* était la plupart du temps réservé aux courses de chars, mais on pouvait également assister à des combats de gladiateurs et de fauves. De nombreux chrétiens vécurent leur martyre au *Circus maximus*.

Curie : bâtiment situé sur le *Forum romanum,* réservé aux réunions du sénat.

Domus : maison.

Domus transitoria : palais de Néron à Rome.

Forum romanum : pendant longtemps, la

principale place de Rome, dont elle était le centre politique et religieux.

Gerres : poissons conservés dans la saumure.

Insula : se traduit littéralement par « île » et désigne un immeuble de cinq ou six étages entouré de rues.

Junon : déesse romaine. À la fois sœur et épouse de Jupiter, elle était la reine du ciel et la protectrice des femmes.

Jupiter : le plus puissant des dieux romains.

Lacerna : manteau muni d'un capuchon.

Lares : dieux du foyer.

Légionnaire : soldat.

Lugdunum : actuelle ville de Lyon.

Ludi : jeux du cirque romains, souvent sanglants.

Lyre : instrument de musique à cordes pincées, ressemblant à une harpe, qui était populaire durant l'Antiquité.

Maison des vestales : résidence des vestales, qui étaient recrutées parmi les jeunes filles des plus anciennes familles de Rome pour entretenir le feu sacré de la déesse Vesta. Celle qui le laissait s'éteindre était enterrée vivante.

Mars : dieu de la guerre.

Mercure : dieu du commerce ; ses attributs étaient des sandales, un caducée et un chapeau ailés.

Ostie *(Ostia)* : ville côtière, située à l'embouchure du Tibre, à vingt-cinq kilomètres de Rome.

Patricien(ne) : membre de la noblesse, la classe sociale la plus élevée de Rome.

Palla : manteau féminin, ressemblant à un grand châle rectangulaire, porté drapé sur le dos et les épaules.

Papyrus : le « papier » antique, fabriqué à partir de la tige d'une plante aquatique : le *Cyperus papyrus*.

Pater familias : le père et le chef de famille. Toute la maisonnée – épouse, enfants, esclaves – lui devait respect et obéissance.

Péristyle : galerie de colonnes couverte.

Pilum : lance.

Pont Sublicius : premier pont construit sur le Tibre, en 600 av. J.-C.

Préfet du prétoire : haut fonctionnaire commandant la garde prétorienne.

Prétorien : soldat d'élite. Garde du corps de l'empereur.

Salve ! : salut !

Scelestus : scélérat.

Scyphus : récipient en forme de coupe.

Sénat : groupe de magistrats formant le parlement de la Rome antique. Ils discutaient des affaires publiques et avaient un rôle de conseil.

Sesterce : monnaie romaine.

Stola : vêtement réservé aux élégantes Romaines. La longue pièce d'étoffe était posée sur les épaules et serrée à la taille.

Thermes : bains publics romains.

Tibre : fleuve traversant Rome.

Toge : vêtement masculin. Grand morceau de tissu qui ne pouvait être porté que par les citoyens de Rome.

Tribun : officier de rang élevé.

Triclinium : salle à manger.

Tunique : ce vêtement sans manches était formé de deux rectangles de tissu en laine, cousus aux épaules et sur les côtés, et munis d'ouvertures pour les bras. La tunique des femmes descendait jusqu'aux chevilles, celle que portaient les hommes était beaucoup plus courte.

Valde bona : très bien !

Via sacra : magnifique avenue traversant le *Forum romanum*.

Vigiles : les vigiles urbains étaient chargés de la lutte contre l'incendie dans la Rome antique.

Villa : propriété rurale. Ce mot pouvait parfois désigner une luxueuse maison de ville.

Vulcain : dieu du feu et du travail des métaux.